Make love, not war!

© 2019 Robert Müller

Neuauflage

Verlag und Druck:
tredition GmbH, Halenreie 40-44, 22359 Hamburg

ISBN 978-3-7497-2994-4 (Paperback)
ISBN 978-3-7497-2995-1 (Hardcover)
ISBN 978-3-7497-2996-8 (e-Book)

Das Werk, einschließlich seiner Teile, ist urheberrechtlich geschützt. Jede Verwertung ist ohne Zustimmung des Verlages und des Autors unzulässig. Dies gilt insbesondere für die elektronische oder sonstige Vervielfältigung, Übersetzung, Verbreitung und öffentliche Zugänglichmachung.

Bibliografische Information der Deutschen Nationalbibliothek:

Die Deutsche Nationalbibliothek verzeichnet diese Publikation in der Deutschen Nationalbibliografie; detaillierte bibliografische Daten sind im Internet über http://dnb.d-nb.de abrufbar.

Robert Müller

Die Empfängnisdame

Die Rache ist mein … e Sache

Ein #MeToo-Roman

**Ein spannender Kriminal-Roman
voller Erotik und Gesellschaftskritik
um ein nicht neues, aber leider
wieder topaktuelles Problem**

Personen und Handlung sind frei erfunden. Allfällige Bezüge zu aktuellen oder früheren politischen und gesellschaftlichen Entwicklungen sind gewollt, nicht aber eine Bezugnahme auf bestimmte Personen, Parteien oder Institutionen.

Ich danke meiner Frau
für die gewohnt gewissenhafte Korrektur
und die Unterstützung und Zeit,
dieses Werk verfassen zu können.

Text und Grafik: R. v. M.
Eigenverlag, Erstauflage Wien 2018
Alle Rechte vorbehalten
Kontakt und Bestellwunsch siehe letzte Seite und
www.buecher-rvm.at

Vorwort

Fast täglich liest man in den Medien immer neue Sex-Vorwürfe an „honorige" Personen in der Politik, im (Film-)Business, im Sportbereich, in säkularen wie nicht-säkularen Erziehungsinstitutionen oder beim Militär. Selbst der innerste zwischenmenschliche Bereich, die Familie, ist davon nicht ausgenommen. Meist liegen die berichteten Vorfälle, die von Belästigung, Begrapschen über Nötigung bis zu Vergewaltigungen reichen, wobei die Begriffe aber zu oft nicht sauber getrennt werden, weit zurück. Die Richtigkeit der Behauptungen kann daher vielfach nicht (mehr) überprüft, geschweige bezeugt oder gar bewiesen werden, und wenn, sind die Untaten oft schon verjährt.

Die Genugtuung oder Rache der (angeblichen) Opfer besteht daher meist im öffentlichen Verächtlich-Machen der (fast ausschließlich männlichen) Beschuldigten, mitunter auch im Fordern, ja Abpressen von Schweige- oder Schmerzensgeld.

Der vorliegende Roman berichtet über einen fiktiven Akt massivster sexueller Übergriffe und die subtile Rache, die das Opfer an seinen Peinigern nimmt.

Viel Vergnügen beim Lesen!

R. v. M.

Kap_1 Marta

Es war ein Montag Anfang August. Über der Stadt lag brütende Hitze, die schon jetzt am Vormittag einen unerträglich heißen, schwülen Abend verhieß. Marta ahnte nicht im Entferntesten, dass dies noch in ganz anderer als nur meteorologischer Hinsicht ein für sie fühlbar heißer Abend von weitreichender Bedeutung werden würde. Woher auch?

Marta saß gelangweilt neben ihrer Kollegin hinter dem Empfangspult in der Eingangshalle ihres vorübergehenden Dienstgebers, der Firma R&M-Consultationen Inc. Vorübergehend, weil sie hier nur ihr vierwöchiges Betriebspraktikum im Rahmen ihrer kaufmännischen Ausbildung zur Betriebswirtin absolvierte. Ihre Schule schrieb in ihrem Studienplan so ein Ferialpraktikum in den Sommerferien vor dem letzten Ausbildungsjahr zwingend vor. Also saß sie hier, obwohl sie sich Besseres wüsste.

Marta ließ ihren Blick durch den riesigen Raum mit seiner hypermodernen Architektur schweifen. Überall Glas und Edelstahl, unterbrochen von großflächigen modernen Gemälden, so man diese Schüttbilder als Gemälde bezeichnen wollte. Billig waren sie sicher nicht gewesen. Ihre Berufswahl war in monetärer Hinsicht daher wohl nicht die schlechteste gewesen. Offenbar konnte und kann man mit Beratungstätigkeit und der bloßen Anbahnung von Geschäften sehr viel Geld verdienen.

Für sie hatte man allerdings, anders als für diese Farbklecks-Kunstwerke, dennoch kein Geld übrig. Was hatte man ihr bei der Bewerbung gesagt? Studierende wie sie, die ein Praktikum absolvieren wollen, falsch: müssen, sollten froh sein, das hier tun zu dürfen. Eine Entlohnung sei daher nicht vorgesehen. Und wenn sie das nicht akzeptieren wolle, bitte: dann müsse sie sich eben anderswo umschauen. Es gäbe neben ihr viele andere Interessenten für diese Stelle.

Die Dame Mitte zwanzig neben ihr hatte sich mit Magdalena vorgestellt und sie kurz in ihre Aufgabe eingewiesen. Sie bestand darin, offensichtlich nach Hilfe suchende Hereinkommende freundlich am Pult zu empfangen, einen Ausweis zu erbitten und sie dann per Telefon der gewünschten Abteilung bzw. Kontaktperson anzukündigen.

„Aus Sicherheitsgründen dürfen Besucher niemals allein das gewünschte Büro aufsuchen. Sie müssen warten", schärfte ihr Magdalena ein, „bis sie jemand aus der Firma hier am Pult abholt. In der Zwischenzeit scanne ich deren Ausweis ein und du versuchst, sie bei Laune zu halten, bietest ihnen einen Kaffee oder Tee an und vertreibst ihnen mit Small-Talk die Wartezeit. Dir als junge, ausgesprochen hübsche Frau wird es wohl nicht schwerfallen, mit den Kunden ein von diesen als angenehm empfundenes Gespräch anzuknüpfen, oder? Du wirst das auch in deinem späteren Berufsleben als eine der zentralen Fähigkeiten benötigen. Also übe schon hier den freundlichen Umgang!"

Wie sie in den wenigen Tagen festgestellt hatte, war es meist wirklich nicht schwer Gespräche zu beginnen. Viel schwerer war es, diese Gespräche ohne Eklat zu beenden. Nicht wenige der Besucher hielten ihren freundlichen Small-Talk für mehr als er war – und versuchten aus diesem gleich ein Date abzuleiten, was sie weder gemäß der betrieblichen Compliance durfte, noch privat wollte. Meistens handelte es sich um Männer in Maßanzügen, die doppelt so alt waren wie sie. Nein danke! Das Geplänkel hatte zwar einen gewissen Reiz, stachelte ihre Neugier und weibliche Gefallsucht an, aber hatte definitiv keine Zukunft.

Im Moment brauchte sie keine Bindungen und daraus resultierende private Probleme und Kompromisse. Im Moment hatte sie nur ein Ziel: eine steile Karriere. Dann, wenn sie dereinst selbst dort sein würde, wo viele der Besucher bereits jetzt sind, würde sie ebenbürtig sein, keine Aschenputtel, die auf ihren Prinzen wartet. Dann würde sie wählen. Notfalls müsste sie dann eben viele Frösche küssen – einer davon würde sich schon als Prinz entpuppen.

Plötzlich spürte sie Magdalenas Ellbogen in ihrer Seite.

„Da, schau, da kommt unser Chef", raunte ihr Magdalena zu.

Marta reagierte zu langsam, um den Chef der Firma von vorne zu sehen. Schon war er mit eiligen, langen Schritten an ihnen vorbeigehetzt, ohne sie beide eines Blickes gewürdigt zu haben. Von hinten betrachtet sah er aus wie all die Männer, die sich in viel zu enge Maßanzüge zwängten, den Bauch einzogen und mit eingelernt kerzengerader Haltung ihre Bedeutung und Sportlichkeit demonstrierten. Erst die Männer ganz oben an der Spitze, die konnten auch leger herumlaufen. Sie brauchten keinen äußeren Schein erzeugen, sie hatten ihn.

„Ich habe kaum etwas von ihm gesehen", wisperte Marta zurück. „Wie ist er denn?"

„Als Chef oder als Mann?", raunte Magdalena zurück.

„Natürlich als Chef. Oder hast du schon so viel privaten Kontakt mit ihm gehabt, dass du über ihn als Mann Auskunft geben könntest?"

„Nein, ich nicht. Aber es kursieren allerhand Gerüchte hier im Haus, dass er hübschen, jungen Frauen durchaus zugetan ist. Dabei ist er verheiratet – und muss es wohl auch bleiben. Immerhin gehört die Firma zur Hälfte seiner Frau."

„Steht das M in R&M für sie?"

„Ja. R&M steht für Richard&Miriam, also für die Vornamen der Inhaber. Miriam kommt aus einer wohlhabenden jüdischen Familie. Sie hat das Geld eingebracht, Richard das Know-How. Er soll sein

Studium in Rekordzeit absolviert haben. Gemeinsam waren und sind sie höchst erfolgreich, wie du siehst." Bei diesen Worten hob Magdalena den Arm und beschrieb mit einem großen Kreis die riesige Empfangshalle.

Marta folgte dem Kreis mit einem langen Blick, der abrupt auf der großen Uhr über dem Eingang hängen blieb.

„Du meine Güte, wo ist nur die Zeit hingekommen. Meine Mittagspause hat schon begonnen. Ich muss weg! Ich habe eine Verabredung", sprudelte Marta heraus und erhob sich eilig.

„Mit einem Verehrer?", wollte Magdalena neugierig wissen.

„Woran du schon wieder denkst", antwortete Marta mit einem kurzen Lachen. „Nein, mit meiner Schwester. Sie will mich dringend sehen."

Kap_2 Maria

Glücklicherweise lag der Treffpunkt in einem ganz nahe gelegenen Gasthaus, sodass Marta dort noch fast pünktlich eintraf. Wie von ihr erwartet war ihre überpünktliche Schwester Maria schon da. Sie saß an einem der Zweier-Tische, von denen man einen schönen Blick in den Gastgarten hatte. Wegen des extrem heißen Wetters wollte aber heute niemand dort sitzen.

Fürsorglich, wie Maria war, hatte sie eingedenk der Kürze von Martas Mittagspause für sie beide bereits Martas Lieblingssuppe bestellt.

„Hallo, Maria", keuchte Marta noch ganz außer Atem vom raschen Gehen. „Schön, dass es klappt und du passend zu meiner Mittagspause für die gewünschte Unterredung Zeit gefunden hast."

Diese Bemerkung war eigentlich eine Tautologie, weil Maria immer passend Zeit hatte. Nicht, weil sie nichts zu tun hatte. Im Gegenteil. Sondern, weil sie sich für alles und jeden viel Zeit nahm. So war Maria eben. Hilfsbereit und pflegeleicht zum Quadrat. Kurz: Eine gute Seele.

„Du weißt doch, dass ich mir für dich, Schwesterherz, immer passend Zeit nehme, wenn es irgendwie geht. Und heute ging es gut! Ich bin nämlich wirklich sehr gespannt, wie es dir in der Ferialpraxis ergeht."

„Ja – wo fange ich nur an …?", antwortete Marta unsicher.

Während Marta grübelte, wie sie die Erlebnisse der letzten zweieinhalb Tage ihrer Schwester vermitteln sollte, musterte sie diese abschätzend – nicht abschätzig. Ein Außenstehender würde kaum vermuten, hier ein Zwillings-Paar vor sich zu haben. Denn deren Äußeres war komplett verschieden. Aber bei zweieiigen Zwillingen ist das nicht wirklich ungewöhnlich.

Marta war eine gertenschlanke junge Frau, die mit Makeup und modischer Kleidung ihr äußeres Erscheinungsbild hegte und pflegte. Die auffallen wollte und auffiel.

Maria hingegen war eine pummelige junge Frau, die ersichtlich wenig Wert darauf legte, auf Männer besonders anziehend zu wirken, ohne dabei aber ungepflegt zu sein. Ihre Nägel waren kurz gehalten und ohne jeden Schmutzrand, obgleich ihre Hände von vieler harter und nicht immer sauberer Arbeit, etwa im Garten, zeugten. Martas Nägel hingegen waren lackiert und für harte Arbeit viel zu lang, was sie sogar beim Tippen am Computer behinderte, aber dennoch nicht umdenken ließ.

Die Nägel – das ist ein guter Ansatzpunkt, sagte sich Marta: „Schau dir meine Hände an, dann weißt du, wie es mir geht. Ich brauchte bisher meine Nägel nicht zu stutzen, weil ich hier kaum etwas am Computer zu tippen oder gar schwere Handarbeit zu erledigen habe. Seit heute sitze ich am Empfangspult im Foyer, begrüße die Ankommenden, plaudere und scherze – ja und muss mir allzu forsche Männer vom Leibe halten."

Wieder betrachtete Marta ihre Schwester. Obgleich nicht besonders attraktiv, hatte sie schon früh einen ersten Freund. Dieses Umstands wohl bewusst, hatte sie sich diesen nicht lange vom Leibe gehalten, mehr noch, in ihm schon ihren Prinzen gefunden und ihn gleich geheiratet. Mit anderen Männern hatte sie also wohl nicht mehr viel am Hut. Da kam sie wohl ihrer Mutter nach. Auch diese hatte eher früh geheiratet, auch diese hatte (deshalb?) nicht mehr sehr großen Wert auf ein attraktives äußeres Erscheinungsbild gelegt, auch diese war extrem arbeitsam, zuverlässig und pünktlich.

Von mir kann man das nicht sagen, dachte sich Marta. Ich bin mehr meinem Vater nachgeraten. Dieser hatte erst geheiratet, als er bereits beruflich höchst etabliert war und sich die Hörner abgestoßen hatte. Er hatte als Vertreter für eine große Firma gearbeitet, hatte viele Auslandsaufenthalte zu absolvieren und dort – so vermute ich – sich die Hörner dabei weiterhin abgestoßen.

Was die Arbeit und die Karrierewünsche betrifft, bin ich eindeutig ein Abbild meines Vaters. Was die Hörner betrifft, nicht. Zu sehr habe ich immer die Worte meines Vaters im Ohr: ‚Die Jungfrauenschaft ist ein wertvolles Kapital, das man nicht mir-nichts-dir-nichts verschenkt.' Als gelehrige und meist folgsame Tochter habe ich diese daher bisher nicht verschenkt. Meine bisherigen Kontakte mit dem anderen Geschlecht waren immer nur derart, dass dieses Kapital unangetastet blieb. Knuddeln, Knutschen, Petting – das war es. Doktorspiele für Teens. Bisher war es genug zum Stillen meiner pubertären sexuellen Neugier und an sexueller Freude – für mich jedenfalls! Ob auch für meine männlichen Versuchskaninchen, weiß ich nicht und wollte es auch nie wissen. Wie das meine Schwester wohl sieht? Komisch. Darüber haben wir noch nie von Frau zu Frau gesprochen.

„Bis jetzt habe ich mir jedenfalls noch alle Männer ausreichend weit vom Leib gehalten", setze Marta nach diesen gedanklichen Abschweifungen lächelnd fort. „Wie ist das bei dir? Machen dir Männer keine Avancen mehr?"

„Doch", lachte Maria. „Erst kürzlich war ein Mann da, der unsere Waschmaschine reparierte. Er blieb zwar höflich und auf Distanz, aber seine Angebote waren mehr als eindeutig. Ich habe natürlich abgelehnt – aber irgendwie war es auch schön, als verheiratete Frau noch begehrt zu werden, noch dazu von einem wirklich attraktiven Mannsbild, bei dem wohl viele Frauen schwach geworden wären."

„Vor allem, wenn sein Begehren gerade wegen des Verheiratet-Seins der Angebeteten eher gefahrlos ist, jedenfalls was die Ansteckung mit einer Geschlechtskrankheit oder gar die Folgen einer möglichen Schwängerung betrifft."

„Du lieferst mir mein Stichwort, Schwesterherz", ergriff Maria das Wort. „Wie du weißt, habe ich dieses Gasthaus heute für uns als Treffpunkt möglichst nahe an deinem Arbeitsplatz ausgesucht. Aber hast du dich nicht über meinen Anruf heute Früh gleich nach Arbeitsbeginn gewundert? Dich gefragt, warum ich dich nicht schon beim gemeinsamen Frühstück neugierig ausfragte oder das Stelldichein vereinbarte? All deine Erlebnisse hättest du mir ja doch auch heute Abend bei uns zu Hause erzählen können, oder? Nein, ich wollte ganz bewusst ein Treffen zeitnah auf neutralem Boden. Ich muss nämlich unbedingt eine wichtige Neuigkeit loswerden, bevor ich vor Glück platze. Eine Neuigkeit, die ich beim Frühstück noch nicht kannte und danach nicht über das Telefon preisgeben wollte, weil ich deine Reaktion sehen wollte: du wirst wahrscheinlich bald Tante."

Maria beobachtete neugierig die Wirkung ihrer Worte auf ihre Schwester. Diese saß verdattert da und wusste nicht, was sie sagen sollte. Nach einer langen Nachdenkpause, in der sie schwankte, ob sie sich darüber freuen sollte oder nicht, sagte Marta schließlich:

„Wenn du dich darüber freust, so freue ich mich auch. Wenn nicht, dann ich auch nicht. Du bist meine innig geliebte Schwester. Daher will ich so fühlen wie du!"

„Das höre ich gerne, Schwesterherz. Ja, ich freue mich, obgleich viele meiner Freundinnen meinten, dass ich noch zu jung wäre. Papperlapapp, sagte ich denen. Ich bin fast 19, also dann mit 20 im besten und gesündesten gebärfähigen Alter. Andere meinten, dass man erst hätte sehen sollen, ob die Ehe auch wirklich hält, ob sie nicht nur das Ergebnis eines Strohfeuers ist, dessen Glut sehr rasch verlischt. Papperlapapp, sagte ich denen. Wer sagt mir, ob die Glut in zwei oder zehn Jahren nicht genauso erlischt? Es gibt keine Garantie. Es gibt nirgends Garantien. Ein Kind ist in einer Ehe gleichermaßen Kitt wie Sprengstoff. Man muss daran arbeiten, dass der Garantiefall niemals eintritt. Basta!

„Und was sagt Karl dazu?"

„Mein Mann? Nichts. Dem habe ich die frohe Botschaft noch nicht überbracht und deswegen sage ich es dir eben nicht bei uns zu Hause, sondern hier an diesem mithörsicheren Platz. Du, Schwesterherz, bist übrigens die Erste, die davon erfährt. Karl und die Eltern erfahren es erst, wenn es absolut sicher ist."

Bei diesen Worten begann Maria in ihrer Handtasche zu wühlen. Schließlich zog sie etwas Längliches heraus, das sie in einem Nylonsäckchen verstaut hatte. Es war ein mit ‚M. Frank' beschrifteter Schwangerschafts-Teststreifen – zwar ohne Datum, aber nach Marias Gehabe wohl von heute Früh –, der mit seiner Farbgebung das frohe Ereignis verhieß.

Marta drehte und wendete den Streifen in den Händen und wusste nicht so recht, was sie damit tun solle.

„Du kannst den Teststreifen behalten", fuhr Maria schmunzelnd fort. „Als Erinnerung daran, dass du nun zur Tante befördert wirst. Nein – im Ernst. Ich will den Streifen nicht wegwerfen, aber andererseits auch nicht, dass Karl den Streifen schon jetzt zu Gesicht bekommt. Er soll und wird es erst erfahren, wenn die Schwangerschaft wirklich feststeht. Der Test hat ja nur eine 95-prozentige Sicherheit. Die Regelblutung kann bekanntlich auch aus vielen anderen Gründen ausfallen oder sich verspäten. So, und wo ich nun meine Neuigkeit angebracht habe, löffle endlich deine Suppe und erzähle mir dabei von deiner Arbeit."

Und so begann Marta während des Löffelns ihrer Suppe von dem Wenigen zu erzählen, was sich in zweieinhalb Tagen ereignet hatte. Dass man sie zunächst stundenlang an den Kopierer gestellt und dann mit Akten quer durch das Gebäude geschickt hatte und heute eben an das Empfangspult. Kurz: Dass sie bisher nur wenig gelernt und erlebt hatte, was ihr zukünftiges Leben als Betriebswirtin widerspiegelt oder gar nachhaltig begünstigen würde.

Sie konnte nicht ahnen, dass sich das schon am Abend dramatisch ändern sollte.

Kap_3 Beim Chef

Als Marta etwas verspätet von der Mittagspause wieder bei Magdalena eintrudelte, ließ diese sie erst gar nicht neben sich Platz nehmen:

„Der Chef hat angerufen. Er will dich sprechen – sofort."

„Der Chef?", antworte Marta überrascht. „Mich? Der, der heute vormittags an uns vorbeirauschte, ohne uns auch nur eines Blickes zu würdigen?"

„Ja, genau der. Immerhin bin ich schon lange genug hier, um seine Telefonklappe wie auch seine Stimme zu kennen", antwortete Magdalena.

„Und erstaunlich ist, dass er selbst angerufen hat, nicht seine Sekretärin", fuhr sie nachdenklich fort. „Höchst ungewöhnlich."

„Schön, dann muss ich wohl zu ihm gehen. Wo steht sein Thron?"

„Unser Chef thront im Raum 0815, also im achten Stockwerk."

„Eine ungewöhnliche Zimmernummer", sinnierte Marta halblaut, aber doch für Magdalena hörbar.

„Es ist einer seiner Standardwitze oder Streiche gegenüber Geschäftspartnern, zu sagen, dass er in einem 0815-Büro hause. Wenn sie dann das aufs Nobelste eingerichtete Büro betreten, weidet er sich an der Überraschung seiner Gäste. Nun ja, lassen wir ihm diesen Tick."

Als Marta das Büro 0815 betrat, erging es ihr so, wie Magdalena es gerade beschrieben hatte. Sie war überwältigt. Es war ein Raum in Form des üblichen katholischen Kreuzes. Sie betrat es bei dessen Fußteil.

Gleich nach der Eingangstür gab es rechts und links je eine Tapetentür, offenbar zu irgendwelchen Nebenräumen führend. Im Kreuzungspunkt stand ein überdimensionaler Schreibtisch mit kunstvollen Intarsien, gedrechselten Füßen und einer riesigen Marmorplatte. Dahinter ein nur wenig repräsentativer, aber offenbar mit allen technischen Raffinessen für die Höhen- und Neigungsverstellung bis hin zu Rückenmassagen ausgestatteter, mit ochsenblutrotem Leder bespannter Stuhl.

Rechts war eine Sitzgarnitur aus dem gleichen roten Leder samt niedrigem Couchtisch, links ein etwa 1,2 mal 3 Meter messender Konferenztisch für acht Personen, wenn man sich an der Anzahl der wieder mit dem gleichen roten Leder tapezierten Armsesseln orientiert. Dahinter stand eine kunstvolle Anrichte, die wohl eine Bar mit Kühlschrank beherbergt.

Der vordere Bereich des Kreuzes ragte als Wintergarten aus der Fassade des Hochhauses. Grünpflanzen und ein Zimmerfahrrad möblierten diesen Teil des Büros.

Der Chef saß gerade mit nacktem Oberkörper am Fahrrad und tat etwas für seine Gesundheit. Im Gegenlicht glänzten die Schweißtröpfchen auf seiner männlich behaarten Brust und auf seinem grau melierten Rückenbewuchs unübersehbar. Er war von muskulöser und durchtrainierter Gestalt und vermittelte genau das, was man in der Zoologie schlechthin als dominantes Silberrückenmännchen in einer Affenhorde bezeichnet. Er winkte Marta, die schüchtern und artig gleich nach der Tür stehengeblieben war, mit einer gleichzeitig einladenden wie herrischen Handbewegung herbei.

„Schön, dass du gleich gekommen bist, Marta", duzte sie ihr Chef ungefragt. „Bitte reich mir das Handtuch, das dort am Stuhl hängt."

Marta tat wie gebeten und wartete geduldig, bis ihr Chef sich den Schweiß aus dem Gesicht gewischt und ein T-Shirt übergezogen hatte.

„Tja, wie du siehst, gehen auch wir Chefs nicht immer nur mit Maßanzug herum. Heute Abend allerdings werde ich mich wieder in Schale werfen. Und du auch!"

„Ich verstehe nicht ganz", antworte Marta überrascht.

„Nun. Du bist hier zur Ferialpraxis, wurde mir gesagt. Richtig?"

„Ja."

„Und du bist hier, um etwa zu lernen. Richtig?"

„Ja."

„Und du hast bisher nur Akten getragen, Schriftstücke kopiert und am Empfangspult die Kollegin Magdalena unterstützt. Richtig?"

„Ja."

„Und du bist hierhergekommen, um etwas mehr zu lernen als das, was du bisher tatest. Richtig?"

„Ja."

„Heute am Abend hast du dazu Gelegenheit. Es gibt ein wichtiges Meeting mit Topmanagern, wo ich dich gerne dabei hätte, damit du meine Kunden gebührend empfängst sowie Protokoll führst."

„Warum gerade ich? Bin ich für eine solch wichtige Unterredung nicht noch zu unerfahren?"

„Nein. Du bist doch schon fast 19 Jahre alt, oder nicht? Also nicht zu jung dafür." Wofür, dachte sich Marta? Aber ja, ich bin fast 19. Also nickte sie.

Mit ihrer Antwort offensichtlich zufrieden fuhr ihr Chef fort, wobei ein ihr unpassend erscheinendes, spöttisch wirkendes Lächeln seinen Mund umspielte. „Erstens kannst und sollst du dabei etwas lernen, etwas was du wirklich einmal in deinem Berufsleben brauchen kannst und brauchen wirst. Glaube mir. Ohne diese Kenntnisse wirst du es nie zu etwas bringen."

Was ihr Chef dabei wirklich meinte, konnte Marta als unerfahrenes junges Mädchen natürlich nicht wissen, und würde es auch erst erfahren, wenn es schon zu spät war.

„Zweitens kennst du – anders als erfahrene und verdiente Mitarbeiter hier im Haus – die geschäftlichen Zusammenhänge nicht, kannst also aus Unkenntnis keine Betriebsgeheimnisse verraten – Verschwiegenheitsklausel im Vertrag hin oder her."

„Drittens wird es unserer Männerrunde eine Freude sein, eine junge, hübsche, zukünftige Kollegin unter uns zu haben." Dabei huschte neuerlich ein diabolisches Lächeln um den schmalen, harten Mund ihres Chefs, auf das sich Marta keinen Reim machen konnte. Wie sollte sie auch wissen, was er mit ‚unter uns' wirklich meinte?

„Und ja", fuhr er fort. „Meine Frau und Mitbesitzerin, die sonst immer teilnimmt, ist derzeit im Ausland. Und die Ehefrauen der anderen Teilnehmer sind erst gar nicht zu diesem Treffen mitgereist. So wird das Treffen ein sehr intimes sein." Wieder huschte ein eigenartiges Lächeln über sein Gesicht, eigenartig, weil seine Augen das Lächeln nicht mitmachten. Sein Blick war kalt, distanziert und dennoch irgendwie distanzlos, ja lüstern.

„Da diese Sitzung voraussichtlich bis in die Nacht hinein dauern wird, gebe ich dir zum Ausgleich den heutigen Nachmittag frei. Du kommst um 20 Uhr hierher ins Büro, und zwar ordentlich und dennoch fraulich apart gekleidet, also möglichst mit langem Kleid. Meine Geschäftspartner sollen ruhig voller Neid sehen, welche Schönheiten hier in diesem Haus arbeiten."

Marta war vom Kompliment angenehm überrascht, aber dennoch ein wenig verärgert. Wie kann mein Chef über meine Freizeit verfügen, fragte sie sich?

Unhöflicherweise hat er nicht einmal gefragt, ob ich heute Abend schon etwas vorhabe. Zeitausgleich schön und gut. Aber das gehört sich so nicht.

„Sie haben mich nicht gefragt, ob ich nicht schon etwas für heute Abend vorhabe?"

„Hast du?"

„Nein, nichts wirklich Wichtiges", antworte Marta kleinlaut wahrheitsgetreu. Sie war zwar verärgert, aber letztlich überwog die Neugier, wie ein so wichtiges Treffen abläuft.

„Na also. Dann um 20 Uhr. Und mach dich hübsch – noch hübscher als du schon bist", schob ihr Chef ein müdes Kompliment nach.

Kap_4 Vorbereitung

Marta hatte ihrer Kollegin Magdalena nur noch kurz gesagt, dass sie heute ohne sie weiter auskommen müsse, da sie im Zeitausgleich freibekommen hätte, um sich für ein abendliches Meeting vorzubereiten. Magdalena hatte sie nur mit einem eigenartigen Blick gemustert und stumm genickt. Was hätte sie ihr auch sagen sollen? Ihr viel Glück, gute Unterhaltung, interessante Eindrücke und Begegnungen wünschen?

Zu Hause angekommen galt Martas erster Weg dem Kleiderschrank. Dieser war für eine Frau, die viel auf Mode und gute Kleidung Wert legt, weniger gut gefüllt als man erwarten würde, was aber mehr den mangelnden Geldmitteln als einer strengen Selbstdisziplin beim Einkaufen geschuldet war.

Was hatte ihr Chef gesagt? Ordentlich und dennoch fraulich apart, möglichst mit langem Kleid? Gut, dann kommen alle meine Hosenanzüge nicht infrage. Diese hätten zwar vielleicht besser unterstrichen, dass ich in diesem weitgehend von Männern dominierten Wirtschaftszweig auch meinen Mann stellen und als ebenbürtig angesehen werden will. Aber nein, er wünscht sich etwas Frauliches, ein Kleid. Soll er haben.

Das schwarze? Nein, das Meeting ist kein Begräbnis. Vielleicht das weinrote? Ja, das würde gut zu den ochsenblutroten Lederbezügen in seinem Büro passen. Allerdings ist es bis auf eine dünne Stoffspange in halber Höhe des Rückens, welche die dünnen Träger am Herunterrutschen hindern soll, rückenfrei fast bis zum umgangssprachlichen Maurer-Dekollete und auch vorne sehr tief dekolletiert. Einen Büstenhalter kann ich da nicht tragen, nicht einmal den mit den durchsichtigen Plastikträgern! Das geht nicht. Aber brauche ich denn einen?

Marta zog sich aus, stelle sich vor den Spiegel und betrachtete eingehend ihre Brüste, während sie sich nach links und rechts drehte. Nicht zu groß und nicht zu klein, befand sie mit sich zufrieden. Gerade richtig! Die brauchen keine Stütze. Zudem ist der Stoff des Kleides samtartig, also blickdicht. Da brauche ich keine Angst haben, dass meine Brüste durchschimmern. Und wenn sich vielleicht dann und wann meine Brustwarzen wie Blumenknospen abzeichnen sollten, wäre das wohl auch kein Malheur. Schließlich soll ich ja fraulich wirken. Also gegessen. Das Kleid nehme ich.

Und vielleicht eine Stola, ein Tuch, um meinen freien Rücken und die Schultern nötigenfalls zu wärmen? Am Abend konnte es selbst an heißen Tagen wie heute kühl werden. Insbesondere die Klimaanlagen erzeugten oft einen unangenehm kalten Zug, gegen den ich mich notfalls schützen könnte.

Nach kurzem Stöbern fand Marta einen farblich passenden Schal aus reiner Seide, den sie wie eine Stola um ihre Schultern legen würde.

Über das Unterhöschen machte sich Marta keinerlei Gedanken. Sie hatte ausschließlich aparte, verführerische bis hin zu Tangas, nicht solche Liebestöter, wie sie ihre Schwester meist trug. Angeblich wäre das gesünder, sagte diese ihr immer wieder mit vorwurfsvoller Stimme. Als ob ich den Rat meiner kleinen Schwester bräuchte. Immerhin bin ich die Klügere und Erstgeborene – auch wenn ich nur 20 Minuten früher zur Welt kam.

Eine Strumpfhose? Wird es im Büro wegen der Klimaanlage so kalt sein oder so ziehen, dass ich eine brauche? Heute erschien mir das Büro als sehr angenehm klimatisiert. Deswegen also wohl nicht.

Um meine Beine zu formen oder mit der Naht und dem Gewebemuster zum Blickfänger zu machen? Auch nicht. Bei einem knöchellangen Kleid wie dem weinroten kann und wird man gar nicht sehen, ob ich eine Strumpfhose trage oder nicht. Also nein.

Schuhe? Da wir wohl im Zuge eines Meetings nicht große Strecken laufen werden, kann ich mir die zwar unbequemen, aber natürlich viel hipsteren High-Heels anziehen. Wenn mich die Zehen schmerzen sollten, ziehe ich die Schuhe einfach unter dem Tisch aus. Niemand wird das bemerken.

Schmuck? Oh je, da hapert es gewaltig. Ich habe nur Modeschmuck, keinen Schmuck, welcher der feinen Gesellschaft, die bei R&M-Consultationen Inc. ein und aus geht, würdig wäre. Tut mir leid, Chef, hier muss ich passen. Du bekommst zum Meeting eine ordentlich und fraulich apart gekleidete Empfangsdame, allerdings eine schmucklose. Wenn es dir nicht passt, musst du mir eben passenden Schmuck leihen – oder besser schenken!

Zuletzt noch die Handtasche. Sie leerte den Inhalt ihrer voluminösen Alltagshandtasche aufs Bett, um nur das auszuwählen und in die aparte kleine Theaterhandtasche zu geben, was sie unbedingt benötigte und dort hineinpasste.

Den Kamm und die Bürste? Natürlich. Ihr schulterlang getragenes brünettes Haar benötigte immer wieder ein Service gegen die Verfilzung.

Die Taschentücher. Natürlich.

Den Schminkspiegel, den Lippenstift, die Wimperntusche und den Parfumflakon? Natürlich.

Ihren Personal- und Fahrausweis. Natürlich. Mangels geregelten Einkommens kann ich mir leider noch kein eigenes Auto leisten, muss also mit öffentlichen Verkehrsmitteln, sprich einem Bus, zur Arbeit fahren, sagte sich Marta wehmütig. Deswegen habe ich auch immer einen Pfefferspray bei mir. In Zeiten wie diesen kann man nie wissen. Leider! Den werde ich wohl hoffentlich nicht gerade heute brauchen. Der bleibt hier. Er ist einfach zu voluminös für die kleine Handtasche. Ebenso das Multitool-Taschenmesser.

Die Schlüssel? Die brauche ich zwar nicht unbedingt mit, da ich ja ebenso wie meine Schwester und deren Mann noch im Hotel Mama wohne und mir so jederzeit geöffnet werden kann. Aber wenn das Meeting sehr lange dauert, will ich meine Eltern oder Schwester nicht mitten in der Nacht herausläuten müssen. Also besser mitnehmen.

Das Handy? Das muss natürlich mit. Ohne Handy geht es heutzutage nicht mehr. Zudem habe ich ja etwas Besonderes damit vor, nämlich das Meeting akustisch mitzuschneiden. Immerhin muss ich ja der Schule über mein Ferialpraktikum einen Bericht liefern. Da kann und soll mir diese Tonaufzeichnung als Gedächtnisstütze wertvolle Dienste leisten.

Noch eine abschließende Kontrolle: Ist die Batterie voll aufgeladen? Ja. Ist auf der Speicherkarte noch genügend Platz. Ja. Gut so.

Marta legte die gewählten Kleidungsstücke und Accessoires parat, holte sich noch einen Gusto-Happen aus der Küche als süße Nachspeise zum kärgliches Mittagsmahl und legte sich dann auf ihre Couch, wobei sie sich – da für das Anprobieren völlig nackt – ganz fest in eine kuschelige Decke einrollte. Sie wollte sich mit einem Nickerchen für den möglicherweise langen Abend fit machen. Kurze Zeit später war sie eingeschlafen.

Kap_5 Vorahnung

Es war Abend geworden. Marta durchschritt eine eigenartig menschenleere Empfangshalle. Nur Magdalena saß wie gewohnt hinter dem Empfangspult, aber auch sie wirkte geistesabwesend. Kein Grußwort, kein Winken. Nichts. Auch vor dem Aufzug standen anders als sonst keine langen Schlangen wartender Personen, die irgendwo hinauf in eine der zwanzig Etagen wollten. Sie wollte nur in das achte Stockwerk.

Kurz darauf stand sie mit ihrem langen, weinroten Abendkleid vor der Tür zum Büro mit der Nummer 0815. Noch ein kurzer Blick in ihren Schminkspiegel – alles paletti. Dann holte sie tief Luft, um sich in die Höhle des Löwen zu stürzen.

Sie drückte die Klinke. Die Türe öffnete sich völlig lautlos. Allerdings nicht in die Höhle des Löwen, sondern in einen Dschungel. Dort, wo in der Früh nur einige Zimmerpflanzen standen, wucherten unzählige großblättrige Pflanzen, die von Lianen umrankt und exotischen Blüten geziert wurden. Dort, wo in der Früh ihr Chef am Zimmerfahrrad strampelte, saß auf einem skurrilen, an ein Fahrrad erinnernden Baumstrunk im Kreis von drei großen Affen ein riesiger Gorilla mit silbrig glänzendem Rückenhaar. Offenbar der Chef des Affenclans. Als er sie wahrnahm, riss er eine der phantastisch-bunten Blüten ab und winkte ihr mit dieser freundlich aber bestimmt, doch näher heranzutreten. Marta war völlig verwirrt von der unerwarteten und gespenstisch lautlosen Szenerie. Obwohl unschlüssig, was sie tun sollte, tat sie einen winzigen Schritt weiter hinein ins Büro. Die Affen sahen das offenbar als Zustimmung an, sich auch ihrerseits ihr nähern zu dürfen. Mit wenigen Schritten im typischen Affengang hatten diese sie erreicht. Der eine Affe griff ihr in ihr langes Haar und begutachtete es. Der zweite griff ihr ohne alle Scheu auf den Po, während der dritte das Kleid anhob, um zu sehen, was dieses verbirgt.

Der Clanchef ließ sie gewähren, ja schien es zu genießen, wie Marta völlig überrascht, fassungslos und zu Gegenwehr unfähig sich begutachten und begrapschen ließ. Schließlich kam auch er mit langsamen Schritten immer näher, während sich sein –

wie für einen Gorilla typisch – nur wenig mehr als drei Zentimeter großer Penis unübersehbar steif präsentierte. Er streckte die Hand gierig nach Marta aus …

… und diese erwachte schweißgebadet und so in ihre Decke verheddert, dass sie sich kaum bewegen konnte. Ein Albtraum. Gott sei Dank nur ein Albtraum, sagte sie sich erleichtert und dankbar. Die blöde Decke hat mich so gefesselt, dass ich tatsächlich bewegungsunfähig war.

Unter der kühlen Dusche gewann sie langsam wieder ihre Fassung. Ihr Herz besann sich, vom wilden Galopp zunächst in einen langsamen Trab und schließlich in den gewohnten ruhigen Schritt zu wechseln. Der Angstschweiß lief wässrig verdünnt ihren Körper hinab, um auf Nimmerwiedersehen im Abfluss zu verschwinden. Auch ihre Hände stellten das Zittern wieder ein. Gott sei Dank, flüsterte Marta zum wiederholten Mal. Warum bin ich nur so aufgeregt? Ja, es ist mein erstes derartiges Meeting. Aber was soll schon groß passieren?

Hätte sie das gewusst, wäre sie wohl nicht hingegangen.

Kap_6 Das Meeting

Nach einer kurzen Busfahrt kam sie beim Hochhaus an, in dem sie nun schon fast drei Arbeitstage hinter sich gebracht hatte. Das Foyer war zwar jetzt, um 19:50, nicht mehr so belebt wie zur Hauptarbeitszeit, aber auch nicht so menschenleer wie in ihrem Albtraum.

Ihre Kollegin Magdalena hatte einer anderen Kollegin Platz gemacht, die sie aber auch schon kannte und sie daher sofort die Sicherheitsschleuse passieren ließ.

Nach einer kurzen Fahrt mit dem Aufzug, die sie zu einer letzten Blickkontrolle ihres Outfits vor dem dort montierten Spiegel, für einen Tupfer Parfum auf die Ohrläppchen und zum Einschalten des Soundrecorders ihres Handys nützte, stand sie vor der Türe zum Büro 0815.

Noch immer nicht ganz erholt von den Schrecken ihres Albtraumes drückte sie vorsichtig die Klinke. Die Tür war unversperrt und gewährte ihr Zutritt zu dem Büro. Sie fand es so vor wie in der Früh.

Fast – denn ihr Chef saß nicht halbnackt am Fahrrad, sondern geschniegelt und gestriegelt in seinem mitternachtsblauen Maßanzug an seinem Schreibtisch und hantierte mit einem Gerät, das sie schon von weitem als ein inzwischen technisch überholtes, batteriebetriebenes Tonbandgerät identifizierte.

Ihr Chef winkte sie wortlos herbei und begutachtete sie, wobei er mit einer sparsamen Handbewegung von ihr verlangte, sich im Kreis zu drehen, was sie auch folgsam tat.

„Braves Mädchen, sehr schön", fasste ihr Chef schließlich das Ergebnis seiner Begutachtung in knappe Worte.

Dann nahm er das Gerät und hielt es ihr hin. „Kennst du dich damit aus?"

„Ja, auch wenn es heute Besseres gibt."

„Ich weiß", war die knappe Antwort. Warum er im digitalen Zeitalter auf ein analoges Medium setzte, verriet er Marta nicht. Am Geld konnte es jedenfalls nicht liegen, dachte sich Marta. Soll ich ihm sagen, dass ich sowieso mit meinem Handy das Meeting aufnehme? Nein. Wenn etwas mit dem alten Gerät nicht klappen sollte, kann ich ihm meinen digitalen Mitschnitt im amr-Format immer noch als Ersatz anbieten.

Ihr Chef griff zum Telefonhörer – wieder so ein Relikt aus der Telefonsteinzeit, aber dafür weniger abhörgefährdet – und wählte eine Nummer, die Marta als die Klappe des Empfangs bestens kannte.

„Ich erwarte drei Herren für 20 Uhr. Bitte lassen Sie diese zu mir auf 0815 herauf."

Ohne eine Antwort abzuwarten, legte er auf. Als Chef setzte er offenbar eine sofortige und gewissenhafte Erfüllung seiner Anweisungen voraus.

„Bitte hilf mir einen Aperitif für unsere Gäste und natürlich für uns beide herzurichten." Marta war überrascht, das Wort ‚Bitte' zu hören. „Die Flasche und Gläser sind dort links unten in der Anrichte."

Marta öffnete die Schranktür, in ihrer Aufregung aber statt der linken die rechte. Wieder hatte ihre Links-Rechts-Schwäche zugeschlagen. Obwohl sie sich gleich ihres Fehlers bewusst wurde und die Tür wieder schloss, hatte sie doch gesehen, dass hinter der rechten Tür anstelle der Bar ein Safe vor allzu neugierigen Blicken versteckt wurde.

Ihr Chef hatte ihr Missgeschick – Gott sei Dank – offenbar nicht bemerkt, weil es bereits an der Tür geklopft hatte und er dorthin unterwegs war. Drei Herren mittleren Alters, alle in maßgeschneiderten Anzügen, traten ein und schüttelten nacheinander ihrem Chef ohne Worte die Hand. Marta stand mit einer Flasche Martini in der Hand bescheiden im Hintergrund und wartete.

„Bitte schenk uns allen – auch dir – ein, damit wir auf einen hoffentlich gelingenden Abend anstoßen können."

Marta tat wie geheißen, wobei sie sich selbst aber nur wenig eingoss. Sie wusste, dass sie Alkohol nicht gut verträgt und wollte nicht Anlass für möglichen Ärger sein.

Danach nahmen alle am Konferenztisch Platz, ihr Chef allein an einer der Stirnseiten, sie auf seine gebieterische Handbewegung hin mit Rücken zur Anrichte zwischen zwei der Herren. Der dritte Herr wählte den Stuhl genau ihr gegenüber. Marta fühlte sich unwohl, eingeklemmt, ja bedrängt. Aber was soll ich tun, als mich zu fügen, fragte sie sich?

„Ich möchte euch, liebe Freunde, zunächst meine neue, demnächst 19 Jahre junge Mitarbeiterin vorstellen."

Warum nennt er mein Alter, fragte sich Marta? Was geht das diese Geschäftsleute an?

„Sie macht gerade bei uns Ferialpraxis", fuhr ihr Chef fort, „und soll bei diesem Meeting lernen, wie es in der Berufspraxis zugeht." Bei diesen Worten huschte ein Lächeln über sein Gesicht, das von seinen drei Freunden spontan erwidert wurde.

Warum betont mein Chef das und grinst gemeinsam mit seinen Freunden dazu? Natürlich bin ich hier um Berufspraxis zu erfahren, ja möglichst hautnah zu erleben. Das ist schließlich der Zweck der Ferialpraxis.

„Natürlich hat sie wie alle meine Mitarbeiter und Mitarbeiterinnen eine Verschwiegenheitserklärung in ihrem Arbeitsvertrag unterschrieben. Dennoch bitte ich euch, vorsichtshalber weder euren Namen noch die in Rede stehenden Produkte explizit zu nennen. Für das Protokoll seid ihr die Personen B, C und D." Der Chef zeigte dabei zunächst auf den links, dann auf den rechts von Marta sitzenden Herren und zuletzt auf den ihr gegenüber.

„Ich beanspruche die Polposition, also A", setzte er schmunzelnd hinzu. „Meine Mitarbeiterin – nennen wir sie M – wird all das zu Protokoll bringen, was ich als dafür würdig erachte. Gleichzeitig lasse ich ein Tonbandgerät mitlaufen, falls wir uns beim Protokoll über eine Formulierung nicht einig sein sollten. Einverstanden?"

Als die drei Herren nickten, erhielt Marta durch eine kurze Handbewegung den Befehl, das Bandgerät zu starten.

„Also dann zu eurem, nein, zu unserem Problem. Eure Produkte, so wird mir gesagt, verlieren seit Erscheinen eines fernöstlichen Marktkonkurrenten ständig an Boden, weil dessen Preise deutlich unter eurem liegen. Wir alle wissen, da wir ja die Weltmarktpreise der enthaltenen Ingredienzien kennen, dass dieser Konkurrent unter seinen wahren Gestehungskosten verkauft. Hierzulande ist das zwar verboten, aber das lässt sich durch geschickte Firmenkonstruktionen anscheinend erfolgreich verschleiern. Was lernen wir daraus?"

Marta sah, wie ihr Chef in die Runde blickte, ohne sich auf die rhetorische Frage aber wirklich eine Antwort zu erwarten, denn er fuhr gleich fort:

„Wir müssen eine passende Firma gründen, um über sie unsere Preise anzupassen. Nicht auf ewig, das wäre kontraproduktiv. Mein Vorschlag: Wir exportieren die Ware in ein Niedrigpreis- und Niedrigsteuerland, wofür wir einmal Exportförderung einstreichen. Dann importieren wir die Ware wieder, natürlich zollfrei. Dank der Exportförderung können wir unsere Preise senken. Gleichzeitig verschieben wir unsere Gewinne in diese Firma, zahlen weniger Steuer und verdienen daher im Endeffekt ähnlich viel wie bisher. Ich biete mich gegen ein kleines Entgelt an, über das wir uns noch einigen müssen, diese Firma zu gründen und zu betreiben, sodass auf euch kein Verdacht fällt, weder abgaben- noch kartellrechtlich."

Marta war verwirrt. Das geht doch nicht. Man kann nicht die gleiche Ware zuerst exportieren und dann importieren, hatte sie in der Schule gehört. Oder doch?

Wie wenn ihr Chef hätte Gedanken lesen können, ergänzte er seinen Vorschlag: „Natürlich können wir nicht genau das gleiche Produkt zuerst aus- und dann wieder einführen. Mein Vorschlag: Ihr exportiert in großen Gebinden, meine neue Firma macht daraus die gewohnten Produkte durch Abfüllen und Neu-Verpacken, sodass letztendlich die gewohnten Produkte in den Regalen der Kaufhäuser landen. Nur eben viel billiger."

Die drei Geschäftspartner sahen sich an und dachten offenbar über den Vorschlag nach. Schließlich meldete sich B zu Wort.

„Dein Vorschlag hat ja durchaus etwas für sich. Allerdings begeben wir uns damit völlig in deine Hand. Auch wenn wir dir aus unserer langjährigen Geschäftsbeziehung keine krummen Touren unterstellen wollen, so bist du nicht der alleinige Besitzer dieser Firma. Was, wenn deine Frau als Mitinhaberin nicht mitspielt, oder noch schlimmer, mit dieser neuen Firma uns den Garaus machen will?"

„Das ist doch lächerlich, lieber Freund. Abhängig bin vor allem ich. Liefert ihr keine Großgebinde, bin ich sofort pleite. Ihr hingegen könnt jederzeit wie bisher produzieren, nur eben nicht mehr durch Export und Reimport zu einem günstigeren Preis."

Und nach einer kurzen Pause, in der er seine Worte gezielt auf die Geschäftspartner wirken ließ, fuhr er fort: „Deswegen müssen wir hier eine Vereinbarung treffen und in einem Protokoll festhalten. An einem offiziellen Vertrag mit notarieller Bestätigung bin ich und wohl auch ihr nicht interessiert, oder? Da dieses Protokoll wie eben ausgeführt vor allem meiner Sicherheit dient, wird es dieses nur in einer handschriftlichen Ausfertigung geben, und zwar nur hier bei mir. Ich werde es gemeinsam mit dem Tonband im Safe verwahren. Einverstanden?"

Als die Geschäftspartner nickten, fuhr er fort: „Ich werde das Protokoll nun M diktieren. Ihr hört bitte zu und schaut M auf die Finger, was aufgrund der Sitzordnung euch leicht möglich sein muss. Wenn euch etwas nicht passt, sagt es bitte gleich."

Die nächsten rund zehn Minuten war Marta damit beschäftigt, das vom Chef diktierte Protokoll handschriftlich zu Papier zu bringen. Die anderen Männer nippten gelegentlich am Martini und starrten sie dabei unverwandt an, ja zogen sie mit ihren Blicken förmlich aus. Marta empfand das als höchst unangenehm. Aber sie sollen mir ja auf die Finger schauen, hatte ihr Chef gesagt, beruhigte sie sich immer wieder selbst.

Ob ihr Chef sie das Protokoll schreiben ließ, um im Falle gerichtlicher Nachforschungen bei einem Handschriftenvergleich nicht als Urheber dieser mafiösen Vereinbarung dingfest gemacht werden zu können, fragte sich Marta. Aber sie hatte keine Zeit, diesem Gedanken nachzugehen. Allerhand Floskeln und Klauseln wurden formuliert, die sie nicht verstand, obgleich sie im kommenden Jahr in Betriebswirtschaftslehre zur Reifeprüfung antreten wollte. Vielleicht gründet mein Unverständnis auch darauf, sagte sie sich, dass immer wieder Abkürzungen benutzt wurden, die offenbar den Geschäftspartnern bekannt sind, aber nicht mir.

Endlich war sie fertig und reichte das Protokoll ihrem Chef. Der überflog es kurz und reichte es dann zur Leistung der Unterschriften an seine Partner weiter. Wenige Minuten später hielt er das unterfertigte Protokoll wieder in Händen.

„Das muss nun gefeiert werden", rief er fröhlich. „M, schenke uns bitte nach!"

Kap_7 Nachfeier

Folgsam stand Marta auf und goss aus der angebrochenen Martini-Flasche nach.

„Nicht doch", erboste sich ihr Chef. „Seit wann feiert man mit Martini. Im Kühlschrank ist eine Flasche Krimsekt, im Schrank sind die passenden Gläser." Wieder erhob sich Marta folgsam und holte die Flasche und vier Gläser, ohne diesmal die falsche Tür zu öffnen.

„Warum nur vier Gläser", schalt sie ihr Chef neuerlich. „Du feierst natürlich mit! Keine Widerrede!"

Gezwungenermaßen holte Marta ein fünftes Glas. Ihr Chef hatte inzwischen die Flasche mit einem deutlichen Plopp geöffnet und begann allen einzuschenken. Zu Martas Leidwesen ihr nicht weniger, sondern sogar mehr als den anderen. Nun, wenn mir schlecht werden sollte, müssen sie eben dann mein Erbrochenes beseitigen, dachte sie voller Ingrimm.

Da sie reihum mit allen anstoßen musste, war ihr Glas bald leer, was ihr Chef zum Anlass nahm, es gleich wieder zu füllen.

Wollen die mich betrunken machen, fragte sich Marta, deren Kopf schon eigenartig schwankend auf ihrem Hals saß? Auf die Antwort brauchte sie nicht lange zu warten.

„Genug gesoffen", sagte ihr Chef plötzlich, schob seinen Stuhl weit nach hinten und stand auf, um die beiden Flaschen wie auch alle Gläser auf die Anrichte hinter Marta zu räumen. So konnte Marta auch nicht sehen, dass er danach leise hinter sie getreten war. Sie merkte es erst, als sie seine Hände auf ihrem bloßen Nacken spürte. Sie waren heiß, feucht und zitterten leicht. Dann begannen sie sich ganz langsam seitwärts über die Schulterblätter hinweg den nackten Rücken entlang nach unten und gleichzeitig nach vorn zu bewegen, bis sie schließlich durch die großen Armlöcher hindurch ihre durch keinen BH geschützten, wehrlos hängenden Brüste umschlossen und zu kneten begannen.

Oh Gott, dachte Marta, was soll das werden? Ich muss hier weg! Sie versuchte aufzustehen, was ihr Chef zur ihrer Überraschung nicht verhinderte. Kaum stand sie, ließen seine Hände zwar ihre Brüste los, um sich aber im selben Moment vor ihrem Brustbein zu verknoten. Solchermaßen umschloss ihr Chef schließlich ihren Brustkorb mit seinen beiden Armen fest unter den Achseln. Wie auf ein Kommando schoben die beiden Männer neben ihr ihre Stühle zurück, packten Marta unter den Kniekehlen und hoben sie in die Höhe. Zu dritt drehten die drei Männer die hilflos zwischen ihnen hängende Frau geeignet, um sie mit ihrem Rücken so am Tisch ablegen zu können, dass ihr Po gerade an der einen, ihr Kopf an der gegenüberliegenden Tischkante zu liegen kam. D war ebenfalls aufgestanden und drückte Martas Kopf und Schultern nach unten auf die Tischplatte. Ihr Chef kam ihm zu Hilfe, bog Martas beide Arme nach hinten über die Tischkante und fesselte ihre Handgelenke mit ihrem eigenen Seidenschal an eine der Stuhllehnen.

Es war offensichtlich, was kommen sollte. Es war Marta nun klar, dass ihr Chef nicht wegen der Protokoll-Beaufsichtigung, sondern genau zu diesem Zweck die Sitzordnung so gewählt und den Tisch vorsorglich abgeräumt hatte. Das Meeting war von allem Anfang an eine Schmierenkomödie, ein abgekartetes Spiel, dem sie offenbar nicht entrinnen konnte.

„Bitte nicht", flehte Marta dennoch. „Ich bin noch Jungfrau, nehme daher weder die Pille noch ein anderes Verhütungsmittel. Das Ganze kann daher zu einer Katastrophe führen. Bitte nicht! Bitte!!!"

Als das nichts nützte, schrie sie, so laut sie konnte, „NEIN!!" Das Ergebnis war nur schallendes Gelächter und der knappe Kommentar ihres Chefs: „Wir sind allein. Es wird dich niemand hören. Schrei ruhig. Das geilt uns nur noch mehr auf!"

Und B ergänzte: „Du meinst, dass du schwanger werden könntest? Vielleicht, ja, vielleicht auch nicht. Und wenn, wirst du deiner Funktion hier im Haus als Empfangsdame – zutreffender wäre dann wohl die Bezeichnung Empfängnisdame, he he – gerecht". B begann lauthals über seinen Wortwitz zu lachen, um dann wieder ernst fortzufahren: „Jedenfalls brauchen wir bei einer Jungfrau wie dir keine Angst haben, uns mit einer Geschlechtskrankheit anzustecken. Daher werden wir das seltene Vergnügen haben, den Koitus ohne den lästigen Gummi genießen zu können. Habe ich recht?"

Alkoholduseliges Gelächter rundum gab ihm unüberhörbar recht.

„Zudem", sagte der angeheiterte Mann B, „habe ich schon lange keine Jungfrau mehr bestiegen. Diese sind rar. Ich freue mich schon auf den Erststich."

„Nichts da, B", widersprach C. „Warum sollst nur du das Vergnügen haben?"

„Weil es eben nur einer, der Erste, haben kann."

„Und warum solltest du der Erste sein? Vielleicht hat ihr Chef auch Lust?"

„Ja, habe ich", antwortete ihr Chef. „Zudem ist sie meine Mitarbeiterin, meine Entdeckung. Umgekehrt seid ihr seit langem gute Kunden, ja Freunde. Also will ich – ungern, aber doch – auf mein ‚Ius primae noctis' verzichten. Aber nur, wenn es eine faire Lösung gibt, wo sich niemand von uns benachteiligt fühlt."

„Und die wäre?"

„Zum Beispiel könnten wir sie versteigern."

„Das ist nicht fair", wandte C ein. „Wir alle wissen, dass B der reichste von uns ist, der uns alle locker überbietet."

„Was schlägst du vor?", sagte B gereizt, der seine Felle davonschwimmen sah.

„Eine Lotterie. Wir losen oder wir fragen sie, von wem sie sich am liebsten entjungfern ließe."

Marta verfolgte von Angst betäubt wie durch einen dicken Wattebausch das Geplänkel und Gefeilsche mit Abscheu und Ekel. Egal, wer mich entjungfern wird, es würde nichts daran ändern, dass es geschieht und dass danach auch alle anderen über mich herfallen werden, vielleicht sogar gleichzeitig, sagte sie sich voll Bitterkeit und verzweifelter Resignation.

„Gut, lass und losen. Jeder zieht aus seiner Geldbörse eine Banknote – aber bitte blind. Der mit der höchsten Seriennummer hat gewonnen."

Gesagt, getan – natürlich ohne dabei Marta loszulassen und ihr das Entkommen zu ermöglichen. Kunde C war der glückliche Gewinner und machte sich sogleich ans Werk. Ihr Chef bewachte die Handfessel, während B und D Martas Beine spreizten, indem sie ihre Knie nach außen und oben drückten. C ließ seine Hosen fallen, schob Martas langes Kleid bis zum Nabel hinauf und das hauchzarte Rüschenhöschen etwas zur Seite. Dann befeuchtete seinen Phallus mit etwas Speichel und klatschte ihn ein paar Mal auf Martas kleine Schamlippen, um ihn schließlich mit einem kräftigen Ruck in Martas noch unschuldige Vagina zu rammen.

Marta schrie kurz auf. Weniger wegen des Schmerzes, den sie viel stärker erwartet hatte, sondern aus Überraschung. C hätte sich ein wenig mehr Mühe machen können, ihre Vulva durch sanftes Streicheln auf das Kommende einzustimmen. Aber nein. Ging es ihm überhaupt um körperlichen Genuss oder nicht vielmehr nur um das Ausleben von Macht, von körperlicher Gewalt? Hatte er wirklich das Eindringen in ihre vor Angst verengte und trockene Scheide als angenehm empfunden? Vielleicht war das Eindringen auch für ihn schmerzhaft gewesen. Hoffentlich! Aber offenbar war dem nicht so. Denn der extrem starke Reiz ihrer noch engen, jungfräulichen und aus Angst trockenen Scheide hatte C so stark stimuliert, dass er schon beim ersten Zustechen kam.

„Ah, das hat wirklich gut getan", verkündete C fröhlich, obgleich die Sache für ihn damit schon wieder vorbei war. „Nur bei Jungfrauen und total verängstigten Frauen hatte ich bisher das unvergleichliche Vergnügen, ohne lange Arbeit schon beim ersten Stich zu kommen. Herrlich!"

Für mich war es weniger herrlich, meldete sich Martas Ego voller Grimm. Zudem hatte C gerade gestanden, dass er offenbar nicht zum ersten Mal eine Frau mit Gewalt genommen hatte. Bestie! Ja, Bestie! Wie ein Hirsch oder Stier, die auch meist schon beim ersten Zustechen in die Kuh ejakulieren, hatte er sie genommen – sieht man davon ab, dass er sie von vorne und nicht von hinten genommen hatte, wie das im Tierreich üblicherweise der Fall ist. Egal! Ich bin keine Kuh, sondern ein Mensch!!

Mit höhnischen Worten setzte C noch eines drauf, als er vermeintlich witzig ergänzte: „Liebe M, du hast wohlgetan, am heutigen Abend ein dunkelrotes Kleid zu tragen, auf dem man die paar Blutspritzer deiner Entjungferung kaum ausnehmen kann. Du bist wirklich ein braves, gescheites Mädchen – Pardon, ab nun eine brave, gescheite Frau."

Bin ich nicht, dachte sich Marta verzweifelt. Ich bin dumm, sehr dumm und naiv. Mein Albtraum hätte mich warnen müssen!

Inzwischen hatte C mit B Platz getauscht. Das neuerliche Eindringen empfand Marta noch weniger schmerzhaft als das erste. Vielleicht auch deswegen, weil ihre Scheide inzwischen mit dem Samen von C gut geschmiert war. Aber auf den Genuss, der mit dem Eindringen angeblich verbunden ist, wartete sie vergeblich. Genuss empfand sie definitiv keinen. Nicht nur ihr Geist, auch ihr Körper wehrte sich nach wie vor gegen die Gewaltanwendung, indem er sich weigerte, Lustgefühle zuzulassen.

B brauchte sehr lange Zeit, die Marta wie eine ganze Ewigkeit vorkam, bis auch er endlich durch immer lauteres Keuchen und anschließendes Grunzen bekundete, dass er sich gerade in Marta entspannt hatte. Gespürt hatte Marta davon nichts.

Nun kam D an die Reihe, der aber zunächst Martas von zwei Samenergüssen klebrige Vulva mit einem Papiertaschentuch notdürftig säuberte, bevor auch er die Hosen fallen ließ und in sie eindrang. Eindrang? Das war wohl zu viel gesagt. Marta spürte sein Glied nur ganz vorne am Scheideneingang, nicht in ihrem Inneren. Offenbar gehörte D zu den weniger gut ausgestatteten Männern, zu denen mit einem nur wenige Zentimeter langen Glied, sogar im erigierten Zustand. War er der Menschenaffe aus ihrem Albtraum?

Ob dem so war, konnte sie nicht sehen, da sie nach wie vor mit dem Kopf und Rücken am Tisch lag. Genaugenommen wollte sie auch nichts sehen. Sie wusste, dass sich diese Bilder tief in ihre Seele eingraben und sie nie wieder verlassen würden. Also hielt sie besser die Augen geschlossen.

Auch durch Fühlen konnte sie das nicht nachprüfen, selbst wenn sie das gewollt hätte, was nicht der Fall war. Ihre Hände waren nach wie vor gefesselt, obgleich das eigentlich nicht mehr nötig gewesen wäre, da sie sich längst in ihr Schicksal ergeben hatte. Körperlicher Widerstand gegen vier erwachsene Männer war zwecklos und könnte ihr nur noch mehr körperlichen Schaden zufügen.

Das jedenfalls hatte sie im Zuge einer Informationsveranstaltung in der Schule aus dem Munde eines erfahrenen Polizisten gehört: ‚Sagen Sie laut und unmissverständlich NEIN, wenn Sie nicht wollen. Wenn das nichts nützt, flüchten Sie, solange Sie das noch können. Wenn das nicht geht, schreien Sie möglichst laut und wehren Sie sich, aber nur dann, wenn Erfolgsaussicht besteht. Aber wenn Widerstand aussichtslos ist, dann wehren Sie sich besser nicht. Sie tragen nur noch mehr Blessuren davon oder reizen den oder die Täter, Sie vielleicht sogar nach der Vergewaltigung umzubringen.'

Und nun war sie selbst in der Situation, von der sie geglaubt hatte, dass nur Frauen in sie kommen könnten, die unvorsichtig nächtens durch dunkle Straßen laufen oder sich von ihnen bislang Unbekannten in deren Wohnung einladen lassen. Nein, es konnte ersichtlich jeder Frau passieren.

Marta war verzweifelt. Ich habe doch unmissverständlich NEIN gesagt, sogar laut geschrien! Hätte ich mich gegen vier erwachsene Männer im besten Alter wehren sollen oder können? Wie? Nein, es war aussichtslos. Werde ich diesen Abend überleben, fragte sie sich voller Angst.

Ihr Verstand tröstete sie. ‚Natürlich', sagte er eindringlich. ‚Magdalena weiß, dass du von deinem Chef zu dem abendlichen Meeting verpflichtet wurdest. Würden er und seine Kumpane dich hier und jetzt umbringen, so wären die vier sofort unter Verdacht. Zudem, wohin mit der Leiche, wenn alle Gänge im Hochhaus videoüberwacht sind.'

‚Und wenn sie mich erst nach dem Verlassen des Hauses beseitigen und sagen, ich bin erst am Heimweg nach dem Meeting offenbar Verbrechern in die Hände gefallen', meldete sich ihr Ego kritisch zu Wort.

‚Dann würde die Videoanlage beweisen, dass sie kurz nach dir das Haus verlassen haben und stehen erst recht an erster Stelle der Verdächtigen. Also ruhig Blut. Was du eben erlebst, ist nicht angenehm, aber du wirst es überleben.'

Nach kurzem Überlegen stimmt Martas Ego dankbar und erleichtert Martas Verstand zu.

„So, jetzt bin ich dran", riss die Stimme ihres Chefs sie aus ihren düsteren Gedanken. „D, zieh endlich deinen kümmerlichen Stoppel ab und lass einen richtigen Mann ran."

„Gleich", widersprach D, der ersichtlich das kärgliche Ergebnis seiner bisherigen langen, aber nur mäßig erfolgreichen Bemühungen um einen ergiebigen Erguss mit einer Perversität kaschieren wollte.

„Reich mir doch bitte die Flasche mit dem Krimsekt", bat D.

„Da ist aber noch ein kleiner Rest drinnen", erwiderte ihr Chef.

„Das macht nichts", antworte D. „M wird es guttun, noch ein wenig Alkohol eingeflößt zu kriegen."

Bitte nicht, dachte Marta. Mir ist schon jetzt fürchterlich schlecht. Sie presste ihre Lippen fest aufeinander, um keinen weiteren Tropfen des Sekts in ihren Mund gelangen zu lassen.

Aber das hatte D auch gar nicht vorgehabt. Plötzlich spürte sie irgendetwas Langes, Kaltes, Glattes in sich eindringen. Die dort befindlichen Lippen konnte sie nicht zum Widerstand zusammenpressen! Ist D wahnsinnig? Will er mich mit dem langen Hals der Krimsektflasche stimulieren oder sogar die ganze Flasche in mich hineinschieben? Das geht nicht! Bitte nicht! Die Flasche ist viel zu bauchig. Das ist wie eine Geburt, nur in verkehrter Richtung. Ihr sprengt meine Scheide? Warum? Wozu? Was habt ihr davon? Bitte nicht! Bitte!!

D achtete aber nicht auf ihre Bitten und Hilfeschreie, konnte es auch nicht, weil diese stumm waren, weil sie Martas Lippen nicht verlassen hatten. Er hätte sie wohl auch nicht beachtet, selbst wenn er sie gehört hätte. Denn ihr vergeblicher Versuch, sich durch heftiges Strampeln und hilfloses Gezappel zu wehren, hielten ihn in keinster Weise von seinem perversen Vorhaben ab. B und C hielten weiterhin Martas Knie eisern fest und D fuhr fort, ihre Scheide mit dem Flaschenhals zu stimulieren – hinein und hinaus, hinein und hinaus, hinein und hinaus. Immer fort. Dabei murmelte er: „Da, schlürf den letzten Schluck des köstlichen Krimsekts." Und Martas Scheide tat wie geheißen, auch wenn deren Schleimhaut durch leichtes Prickeln und Brennen anzeigte, dass ihr das gar nicht gefiel. Sie musste sich in das Schreckliche, das Unvermeidliche ergeben.

„So", hörte sie schließlich ihren Chef wie aus unendlicher Ferne sagen. „Hör endlich mit deinen perversen Spielereien auf! Lass es sein! Lass mich machen und dir zeigen, wie das ein richtiger Mann macht, einer, der nicht nur so einen mickrigen Schrumpf-Zumpf wie du sein Eigen nennt."

Gleich darauf spürte Marta ihren Chef in sie eindringen. Welch ein Unterschied zu den Männern C und B, insbesondere aber zum kümmerlichen D. Der Phallus ihres Chefs war im Vergleich zu denen seiner Geschäftsfreunde riesig, füllte ihre Scheide bis an die Grenzen ihrer Dehnfähigkeit aus und stimulierte diese in einem Maß, dass Marta erstmals so etwas wie Genuss spürte. Seine langsamen, rhythmischen Stöße, kraftvoll aber nicht brutal, stimulierten sie immer weiter. Ihr Geist wehrte sich verzweifelt, ihre Vergewaltigung als lustvoll zu empfinden, aber ihr Körper gehorchte dem Geist nicht mehr. Er spielte nicht mehr mit. Marta fühlte, wie in ihrem Bauch die Schmetterlinge zu fliegen begannen, wie sich in ihrem Unterbauch eine immer größere Spannung aufbaute, ihre Brustwarzen groß und hart wurden, sie plötzlich und unwillkürlich anfing zu stöhnen, sich zu winden und am ganzen Körper zu zittern, während Tränen die Wangen herunterliefen. Diesmal nicht Tränen der Wut und Trauer über den Verlust ihrer Jungfernschaft, sondern Tränen als Ausdruck ihrer kaum ertragbarer Lust, ihrer bis in die tiefsten Winkel aufgewühlten Seele.

Dann war es soweit. Zunächst weitete sich ihre Scheide noch mehr, um sich dann mit ungeahnter Kraft gegen den erbitterten Widerstand des phallischen Eindringlings zusammenzuziehen und gleich darauf in wilde Zuckungen zu verfallen. Die Zeit stand still, während Marta den langsam verebbenden ekstatischen Tanz ihrer Scheidenmuskulatur genoss. Das war es, das musste es sein. Deswegen der Name der kleine Tod? Ein ungeheuer schönes Gefühl der Wärme und völliger Entspanntheit durchströmte ihren Bauch.

Ihr Chef war so nett, diesen Frieden minutenlang nicht zu stören, obwohl er offenbar noch keinen Orgasmus gehabt hatte. Er ließ seinen Phallus einfach in ihr stecken, ohne ihn und sie weiter zu stimulieren.

Aber nur für eine kurze Verschnaufpause. Dann begann er wieder sein Glied mit kreisenden Hüften in Martas Scheide tanzen zu lassen, während er diesmal zusätzlich mit seinem Daumen Martas Klitoris sanft massierte. Marta spürte, dass sich sie sich vorher getäuscht hatte. Sie war noch nicht völlig entspannt gewesen! Noch nicht!

Die Spannung baute sich neuerlich auf, noch viel schneller und stärker als zuvor. Vielleicht das Ergebnis der doppelten Stimulation, außen und innen? Egal. Die Spannung war einfach da. Unwiderstehlich nahm sie zu. Martas Herz raste, alles drehte sich um sie. Das ist nicht der Alkohol, sagte ihr Ego, das ist Lust, pure Lust. Und dann war er wieder da, der Orgasmus, noch wilder und stärker als zuvor. So wild, dass die Zuckungen auch bei ihrem Chef den Orgasmus auslösten. Wild atmend stand er zwischen ihren gespreizten Beinen und genoss, während sein Glied nach und nach auf seine beachtliche Normalgröße schrumpfte.

„Braves Mädchen", sagte er schließlich. „Ich weiß, du wolltest das zunächst nicht. Aber jetzt siehst du hoffentlich, dass dies zu deinem Besten geschah. Viele Frauen trauen sich einfach nicht, auf ihren Körper zu hören. Man muss sie mit sanfter Gewalt zu ihrem Glück zwingen."

Marta hört zwar diese Worte, war aber noch zu sehr mit ihrem Körper und dem angesichts der Situation total unerwartet tiefen körperlichen Glücksgefühl beschäftigt, um die Niedertracht seiner Worte zu merken, zu bewerten oder gar darauf antworten zu können.

„So. Lasst sie frei", wandte sich ihr Chef zu B und C, „damit sie sich säubern gehen kann." Und zu Marta gewandt: „Gleich hinter der rechten Tapetentür ist ein Bad und WC. Und damit diese Episode keine Folgen hat, solltest du dir vielleicht auch den Brauseschlauch einführen, um unseren Samen auszuschwemmen."

„Und um ganz sicherzugehen, lege ich dir derweil hier am Tisch eine Schachtel mit der PILLE DANACH zurecht. Nimm sie zu Hause möglichst bald. Ich weiß, dass dir darauf wahrscheinlich ziemlich schlecht werden wird. Das sind die Hormone! Deswegen gebe ich dir auch die nächsten drei Arbeitstage frei. Dann wird niemand sehen, dass es dir schlecht ging."

Marta wusste nicht, wie sie reagieren sollte. Sie konnte noch nicht klar denken. Wie in Trance erhob sie sich vom Tisch und trottete folgsam in Richtung Badezimmer, um sich zu säubern.

Als sie wieder herauskam, war nur mehr ihr Chef da. Seine drei Geschäftskunden waren verschwunden. Marta nahm die Schachtel mit den Pillen und verließ ohne Gruß und ohne ihren Chef noch eines Blickes zu würdigen den Ort ihrer gewaltsamen Entjungferung.

Kap_8 Daheim

Nach kurzer Busfahrt erreichte Marta wenige Minuten nach 23 Uhr ihr Zuhause, die Villa der Familie Frank.

Sie wohnte noch immer in ihrem Kinderzimmer im ersten Stock des Hauses ihrer Eltern, während ihre Schwester für sich und ihren Mann, der bei der Heirat auch den Namen Frank angenommen hatte, alle anderen Räume in diesem Stockwerk beanspruchte. Die Eltern wohnten wie bisher im Erdgeschoß.

Marta schloss auf und war froh, dass offenbar schon alle schliefen. Es wäre ihr peinlich gewesen, in diesem Zustand angetroffen zu werden. Nicht, dass man ihr das Martyrium der letzten Stunden gleich angesehen hätte. Ihr Seidenschal und Kleid waren nur ein wenig verknittert, und selbst das würde man dem Gewebe geschuldet bald nicht mehr sehen. Die paar kleinen Blutflecken hoben sich kaum vom Rot des Kleides ab. Selbst ihr Rüschenunterhöschen war, anders als das, was es verdecken und schützen sollte, intakt geblieben. Auch sonst würde man keine blauen Flecken oder andere Spuren von Gewaltanwendung an ihr entdecken. Nur ihre verweinten und müden, ja toten Augen, die Tore zu ihrer Seele, würden ihren Eltern und ihrer Schwester unübersehbar zeigen, dass etwas passiert sein musste, etwas Schreckliches.

Marta schlich sich in ihr Zimmer und warf sich ohne sich auszuziehen auf ihre Couch und verbarg ihr Gesicht in ihrem Lieblingspolster mit dem aufgenähten Teddybären, der sie seit ihren Kindertagen begleitet und getröstet hatte. Heute brauchte sie ihn mehr als all die Jahre davor, als sie sich von den Eltern, der Schwester oder wem auch immer ungerecht behandelt fühlte.

„Ich war so dumm", begann sie endlich zu dem Teddybären zu sprechen, während sich ihre Augen mit Tränen füllten. Und der Teddy hörte geduldig zu, ohne sie zu unterbrechen. „Der Albtraum hätte mir eine Warnung sein müssen, die mir mein Schutzengel schickte. Der geile Affe mit dem winzigen Penis, der seine Hand gierig nach mir ausstreckte: fast ein Foto von D. Oder wie die ganze Affenhorde mich begrapschte und über mich herfiel. Aber ich habe nicht zugehört. Ich habe überhaupt viel zu wenig zugehört. Jetzt, wo alles passiert ist, fällt es mir wie Schuppen von den Augen. Die Äußerungen meines Chefs waren so voller zweideutiger Anspielungen, dass nur ich dumme Kuh sie nicht verstand. Nicht einmal sein immer wieder spöttisches Grinsen und kaltes Lächeln, die seine Anspielungen begleiteten, waren mir eine Warnung. Und so wurde ich blinde und taube Kuh heute wirklich zu einer Kuh, die man wie eine Hirsch- oder Rinder-Kuh einfach so bespringt und besamt. Einfach so. Verstehst du?"

Ihr Teddy verstand, denn enthielt er sich einer Widerrede.

„Er hat mich immer getestet, verstehst du? Und ich habe es nicht bemerkt. Welcher anständige Chef zeigt sich einer ihm bis dahin völlig unbekannten Mitarbeiterin mit nacktem Oberkörper in der Unterhose – na ja, Boxershort? Er wollte wissen, wie ich reagiere. Dann bat er mich ihm das Handtuch zu reichen. Eine sehr, nein, eine zu persönliche Dienstleistung, findest du nicht auch?"

Der Teddy fand das auch. Jedenfalls widersprach er nicht.

„Dann seine Andeutung: ‚So wird das Treffen ein sehr intimes sein' oder ‚Du bist hierhergekommen, um etwas mehr zu lernen als das, was du bisher tatest.' Ja – was ich heute an Intimität gelernt habe, lernen musste, habe ich davor wirklich nie erfahren. Du weißt es, denn du warst immer dabei, als ich hier im Kinderzimmer einige meiner Schulkollegen empfing und mit ihnen meine ersten sexuellen Erfahrungen machte. Aber in der Weise empfangen, nämlich körperlich empfangen, wie es mein Chef mit seiner Anspielung ‚die Kunden gebührend zu empfangen' meinte und heute gemeinsam mit drei Topmanagern dann auch an mir zelebrierte, habe ich sie alle nicht. Viele würden das pubertäre Geknuddle, Geknutsche und Petting mit meinen Schulkollegen gar nicht als richtigen Sex bezeichnen. Oder?"

Als ihr Teddy trotz intensiven Drückens des Polsters sich weigerte zu nicken, fuhr Marta reumütig fort. „Du hast recht, ich habe geschummelt. Du warst nicht immer dabei. Einmal war ich auf Besuch bei einem Schulkollegen, und dort gab es richtigen Sex, sofern du oralen Sex so wie ich als richtigen Sex ansiehst – obwohl das viele Leute anders sehen. Dort habe ich ein steifes Glied das erste Mal aus der Nähe gesehen, betastet und gestreichelt und sogar versuchsweise kurz in den Mund genommen und daran gelutscht. Umgekehrt hat auch der Bursche sich an meinem Körper kundig gemacht und seine Zunge um meinen Höhleneingang spielen lassen. Aber weder er noch ich hatte aufgrund der Fummelei einen Höhepunkt. Nach den heutigen Erfahrungen weiß ich das ganz sicher."

Marta war froh, ihrem innig geliebten Teddy endlich die volle Wahrheit gestanden zu haben und drückte ihn ganz fest an sich, wofür er sich mit einem zarten Nicken bedankte.

„Und dann seine hinterhältige Frage mit meinem Alter: ‚Du bist doch schon fast 19 Jahre alt, oder nicht? Also nicht zu jung dafür.' Schon damals erschien mir die Frage samt Antwort irgendwie unpassend, ja verdächtig, noch mehr dann, als er seinen drei Kumpanen gleich am Beginn des Meetings mein Alter nannte. Jetzt ist es mir klar. Wäre ich unter 18, so kämen er und seine Freunde ganz schnell noch mehr mit dem Strafgesetzbuch in Konflikt als sie es durch die Gruppenvergewaltigung ohnehin schon tun. Dass Gewalt im Spiel war, würden sie gegebenenfalls natürlich mit dem Brustton der Überzeugung abstreiten und von einvernehmlichem Sex reden. Das könnten sie aber nur, wenn ich über 18 bin. Darunter wäre auch der einvernehmliche Sex strafbar. Nur für den Chef könnte es dennoch brenzlig werden, weil er mit einer Abhängigen Sex gemacht hat. Der würde daher überhaupt abstreiten, mit mir Sex gehabt zu haben. Deswegen wohl auch sein Auftrag, mich ordentlich zu säubern und den Samen auszuschwemmen. Natürlich ging es ihm darum, eine Schwangerschaft möglichst zu verhindern, noch mehr aber wohl darum, eine DNA-Entnahme zu erschweren."

„Und dann sein ‚Erstens kannst und sollst du dabei etwas lernen, etwas was du wirklich einmal in deinem Berufsleben brauchen kannst und brauchen wirst. Glaube mir. Ohne diese Kenntnisse wirst du es nie zu etwas bringen.' Jetzt weiß ich, was er damit meinte. Mit diesen Kenntnissen haben schon viele Frauen Karriere gemacht – allerdings wohl eher freiwillig und nicht so wie ich gezwungen."

Obwohl sie ihr Teddy weiterhin nur verständnislos mit seinen großen, glänzenden Kulleraugen anstarrte, fuhr sie fort: „Allerdings bin ich mir nach den heutigen Ereignissen in meiner Sicht der Dinge nicht mehr so sicher. Bisher meinte ich, dass die nach Karriere geilen Frauen genau wussten, worauf sie sich einließen, schlimmer, dass sie ihre weiblichen Waffen ganz gezielt einsetzten. Was erwarteten sie sich, wenn sie der Einladung eines Bosses in seine Hotelsuite weit weg von daheim um 7 Uhr morgens folgten und er sie dort nur mit einem Bademantel bekleidet empfing? Oder wenn sie der Einladung eines einflussreichen Mannes zu einer kostenlosen Kreuzfahrt auf seiner Privatjacht oder zu einem exotischen Urlaub nur mit ihm Folge leisteten? Oder wenn sie sich in seinem Privatjet kostenlos von A nach B bringen ließen? Oder wenn sie als völlig unbekannte junge Schauspielerin gleich um die Hauptrolle im nächsten Film bettelten? Na also! Natürlich haben sich die Männer eine Gegenleistung nicht nur erhofft, sondern erwartet – und diese dann vielleicht da und dort mit mehr oder weniger sanfter Gewalt tatsächlich eingefordert. Das ist es, was ich dir sagen will. Diese Frauen waren raffiniert. Sie wussten genau, was sie wollten und was sie taten."

„Ich hingegen war ahnungslos, als ich zu dem Meeting in ein völlig unverfängliches Büro ging. In meiner Naivität ahnte ich nicht, was mein Chef mit den zweideutigen Worten ‚wird es unserer Männerrunde eine Freude sein, eine junge, hübsche, zukünftige Kollegin unter uns zu haben' meinte. Jetzt weiß ich es. Ich war wirklich unter ihnen, unter jedem einzelnen von ihnen bin ich gelegen."

Die Erinnerung daran ließ ihre Tränen wieder in wahren Sturzfluten aus ihr herausbrechen und hinderte sie daran, ihrem Teddy weitere Einzelheiten zu erzählen.

Nach einiger Zeit fing sie sich wieder: „Aber eines werde ich sicher anders machen als all jene Frauen, die erst heute, nach 20 oder 30 Jahren, plötzlich draufkommen, was ihnen angetan wurde. Erscheint es dir nicht auch höchst merkwürdig, dass die nun Beschuldigten, die es inzwischen in höchste Positionen in der Wirtschaft oder Politik gebracht haben und durch solche Anschuldigungen im höchsten Maße erpressbar sind, erst jetzt mit solchen Vorwürfen konfrontiert werden. Erst jetzt, wo vieles verjährt ist, wo potenzielle Zeugen nicht mehr leben oder die behauptete Sache längst vergessen haben? Glaube mir: ich werde nicht erst in 20 Jahren auf Twitter ein #MeToo verbreiten. Ich werde gleich morgen beginnen den Bestien ihr Handwerk zu legen."

Mit diesem festen Vorsatz auf den Lippen fiel Marta physisch wie psychisch völlig erschöpft in einen tiefen, traumlosen Schlaf.

Kap_9 Was nun?

Marta wurde durch kräftiges Klopfen an ihrer Zimmertür aus dem Schlaf gerissen. Durch die geschlossene Tür hörte sie die Stimme ihrer Schwester:

„Aufstehen! Es ist schon 9 Uhr. Du müsstest doch schon längst in der Arbeit sein, oder?"

„Nein, heute nicht", rief Marta noch ganz schlaftrunken und ohne aufzustehen, um ihre Schwester einzulassen. Diese sollte sie nicht sehen, nicht jetzt, nicht in diesem Zustand. Denn sie fühlte sich hundeelend und es war ihr zum Heulen. „Lass mich noch ein bisschen zu mir kommen. Wenn du deine gute Tat für heute abhaken willst, richte mir oder uns, falls du auch noch nichts gegessen hast, bitte ein Frühstück. Du weißt schon, das Übliche. Um halb zehn bin ich unten in der Küche. Ok?"

„Gerne", war die Antwort. Danach hörte Marta sich entfernende Schritte.

Der erste Weg führte Marta unter die Dusche, wo sie versuchte, unter dem bewusst kalt eingestellten Wasser munter zu werden, noch mehr aber all das von sich herunterzuwaschen, womit sie gestern unfreiwillig in Kontakt kam. Die schmierigen Fingerabdrücke der Männer ließen sich leider auch durch intensives Schrubben nicht wegwaschen, nur die letzten Reste ihres Spermas. Der Vorgang war nicht angenehm, ja tat sogar ziemlich weh. Ihr Geschlechtsteil war von der Defloration und der Überbeanspruchung noch wund und schmerzte.

Marta fröstelte, ob wegen des kalten Wassers oder als Ergebnis der Nacht, die sie ohne Decke nur mit ihrem Abendkleid bekleidet verbracht hatte, konnte sie nicht beantworten. Sie zog sich einen wärmenden, bequemen Jogging-Anzug an und widmete sich dann der Restaurierung ihres Gesichtes. Sie cremte die verschwollenen Augenlider ein und trug Lidschatten auf, damit ihre Schwester ihr nicht gleich ansehen konnte, dass sie bitterlich geweint hatte. Hoffentlich reicht das, um meine höchst sensible Schwester zu täuschen, sagte sie sich.

Dann griff sie zur Schachtel mit der PILLE DANACH, die ihr Chef ihr überlassen hatte, und holte den Beipackzettel heraus. Eines wusste sie genau: Sie wollte definitiv nicht schwanger werden, jedenfalls nicht mit 19 Jahren knapp vor ihrer Reifeprüfung, und schon gar nicht von einer dieser vier Bestien. Ob es reichen würde, einfach diese Pille zu nehmen? Jedenfalls musste sie wissen, ob die Einnahme vor oder nach dem Frühstück erfolgen sollte. Möglichst bald, das war wohl klar. Sie las:

... mit dieser Pille können sie ihren Eisprung um 5 Tage nach hinten verschieben. Da die Spermien nur eine Lebenszeit von 5 Tagen haben, kann ein bereits platzierter Samen so zu keiner Schwangerschaft führen. Allerdings nur, sofern der Eisprung nicht bereits erfolgt ist und die Einnahme mindestens einen Tag vor dem Eisprung erfolgte ...

Ist der Eisprung schon erfolgt, fragte sich Marta und zog ihren Taschenkalender zu Rat. Wahrscheinlich nicht, da die letzte Regel laut ihrer Eintragung vor 11 Tagen einsetzte. Aber sicher kann ich mir nicht sein. Denn erstens ist mein Zyklus nicht gerade der Prototyp eines genauen Uhrwerks. Zweitens habe ich gehört, dass massive emotionale Ereignisse – wozu die gestrige Vergewaltigung wohl zählt – den Zyklus gehörig durcheinander bringen können. Und drittens, noch schlimmer, können die Stöße der Männer sogar den Eisprung ausgelöst haben. Na danke, dann gute Nacht.

Sie las weiter: *...der enthaltene Wirkstoff UPA wirkt mit 99,1%iger Sicherheit, d.h., dass innerhalb eines Jahres nur 9 von 1000 Frauen bei rechtzeitiger Verwendung unserer PILLE DANACH ungewollte schwanger werden.*

Nicht sehr beruhigend, sagte sich Marta bitter. Ich will definitiv nicht zu den 0,9 % gehören! Sie las weiter:

... sollten diese Rahmenbedingungen nicht zutreffen, so empfehlen wir eine andere nachträgliche Verhütungsmethode, nämlich unser Produkt SPIRALE DANACH. Selbst wenn der Eisprung schon stattgefunden hat und der Samen ungewollt mit dem Ei verschmolzen ist, verhindert die SPIRALE DANACH die Einnistung des befruchteten Eies in die Gebärmutterschleimhaut mit sehr hoher Wahrscheinlichkeit. In den wenigen Fällen, in denen sich das Ei dennoch einnistet, bleibt ihnen nur ein Schwangerschaftsabbruch auf medikamentösem oder chirurgischem Weg. Zur Applizierung unserer SPIRALE DANACH oder zur weiteren Beratung wenden sie sich bitte vertrauensvoll an ihren Gynäkologen. Und zu ihrer Beruhigung. Das Einsetzen der Spirale ist KEINE Abtreibung und hat KEINE negative Auswirkung auf eine spätere, von ihnen gewollte Schwangerschaft.

Na wenigst eine gute Nachricht. Einem zukünftigen Kinderwunsch steht all das, was ich jetzt unternehme, um nicht schwanger zu werden, nicht im Wege, sagte sich Marta.

Sie blicke auf die Uhr. Was, schon fast halb zehn? Ich muss hinunter zum Frühstück. Vielleicht kann ich meine Schwester zu diesem Thema ganz vorsichtig aushorchen.

Kap_10 Gemeinsames Frühstück

Beim Hinabsteigen zur Küche roch sie schon, dass ihre Schwester nicht das Übliche hergerichtet hatte. Es duftete nach Kaffee, nach gebratenem Bauchspeck, nach Spiegelei und Toastbrot. Köstlich. Maria war ein Schatz. Dass man mit seiner kleinen Schwester auch hin und wieder Streit hatte und hat, tat und tut dem keinen Abbruch.

Marta setze sich an ihren Stammplatz am Küchentisch, wo Maria bereits alles liebevoll gedeckt hatte. Sie war froh, dass ihr Gesicht dort eher im Schatten lag. So konnte Maria weniger gut sehen, wie ihr Gesicht aussieht. Doch die sensible Maria konnte man so nicht täuschen. Nach einem langen, forschenden Blick stellte sie keine Frage, sondern stellte ohne alle Umschweife fest: „Du hast geweint!"

Marta wusste, dass Leugnen zwecklos wäre. Die ungeheuerliche Wahrheit wollte sie keinesfalls preisgeben. Was dann? Was klang plausibel? Marta entschied sich für eine zweckdienliche Halbwahrheit.

„Ich hatte gestern ein Rendezvous, das, na sagen wir es gerade heraus, vielleicht für mich als Frau weitreichende Folgen haben kann."

„Du meinst, ihr habt, na also, ihr habt es – na du weißt schon, was ich meine – gemacht, ohne aufzupassen, ohne vorzusorgen?"

„Ja, leider! Es kam für mich völlig überraschend", antwortete Marta wahrheitsgetreu.

„Und deswegen schaust du heute so zerknuddelt und verweint aus?", fragte Maria mit mitfühlender Stimme.

Marta nickte.

„Und was willst du jetzt tun? Abwarten, ob wirklich etwas passiert ist? Und wenn ja, steht der Vater dann zu seinem Produkt?"

Marta drehte ihren Kopf verneinend von links nach recht und wieder zurück.

Maria sah sie voll ehrlicher Sorge an. „Das ist schlimm. Etwas Ernstes ohne etwas Ernstem? Bei mir, ich hab dir schon berichtet, ist es egal. Ich bin in festen Händen. Passiert es jetzt, ist es gut. Hat es doch nicht geklappt, dann klappt es eben nächstes Monat. Irgendwann werden Karl und ich unser Wunschkind bekommen. Aber bei dir wäre es kein Wunschkind, oder?"

Wieder drehte Marta ihren Kopf verneinend.

„Das Problem ist, dass du nicht so wie ich einfach warten kannst. Mit dem Teststreifen weißt du frühestens in zwei bis drei Wochen – und auch dann nur mit 90 bis 95 % Sicherheit –, ob du schwanger bist. Dann ist es für die PILLE DANACH zu spät!"

Marta hakte ein: „Ja, das wollte ich dich fragen. Hast du mit dieser Pille eigene Erfahrung? Wie und wann nimmt man sie ein? Welche Nebenwirkung muss ich erwarten?"

Maria zögerte, bevor sie antwortete: „Ja, ich habe sie schon einmal eingenommen. Damals waren Karl und ich noch nicht verheiratet. Und ich wollte unbedingt ohne Zwang und in weißem Kleid heiraten. Ich weiß nicht, ob tatsächlich etwas passiert wäre, ich wollte einfach sicher gehen. Auch wenn im Beipackzettel stand, dass die Pille gegenüber früher sehr viel weniger Hormone enthält, ging es mir zwei Tage wirklich schlecht. Speiübel war mir. Erbrochen habe ich Gott sei Dank nicht, denn sonst hätte ich die Pille nochmals schlucken müssen. Nein danke. Das war mit ein Grund für mich, möglichst bald zu heiraten. Karl stand ja ohnehin für mich bereits als mein Prinz fest."

Nach einer Pause fuhr Maria fort: „Wenn du aber noch zuwarten willst, gebe ich dir meine angebrochene Schachtel mit den Teststreifen. Dann bleibt dir aber nur mehr die Abtreibung. Wenn nicht, dann solltest du dir schleunigst die PILLE DANACH besorgen".

„Ich hab sie schon", antwortete Marta leise. „Er hat sie mir gleich danach gegeben."

„Dann ist alles klar", stellte ihre Schwester resolut fest. „Der Kerl will definitiv keinen Gschrappen. Schlag dir den Kerl aus den Kopf und nimm die PILLE DANACH, damit du nicht dann als alleinerziehende Mutter dastehst."

Wenn das aus dem Kopf schlagen so leicht ginge, dachte Marta verzweifelt und bitter. Eindrücke, wie ich sie gestern erleben musste, wird man wohl nie wieder los.

„So, damit ist wohl klar, was du tun sollst", zeigte sich ihre Schwester entscheidungsfreudig und lebenstüchtig. „Hol diese Pille herunter und nimm sie ein. Ich richte dir inzwischen einen Tee. Mit Kaffee würde ich die Pille besser nicht einnehmen wollen."

Marta stand folgsam auf, holte die Pille herunter und nahm sie unter dem wachsamen Blick ihrer kleinen Schwester artig ein.

„Braves Mädchen", sagte ihre Schwester. „Und jetzt lass dir das Frühstück schmecken."

Komisch, das habe ich gestern auch oft gehört, dachte sich Marta. Offenbar bin ich wirklich ein braves, folgsames Mädchen. Aber offenbar zu folgsam und zu brav! Das muss sich ändern! Das werde ich ändern!

Kap_11 Was tun?

Während Marta sich mit einem für sie völlig unüblichen und in Anbetracht ihrer seelischen Verfassung erstaunlichen Heißhunger über das köstliche Frühstück hermachte, kreisten ihre Gedanken bereits um die nächsten Schritte.

Die Geschehnisse einfach auf sich beruhen zu lassen, kam ihr nicht in den Sinn. Zu viel hatte man ihr angetan! Für seinen 10-Sekunden-Genuß hatte sie C entjungfert, das Kapital vernichtet, das sie den Worten ihres Vaters folgend bisher sorgsam gehütet hatte.

Dann war da noch die Gefahr, tatsächlich geschwängert worden zu sein. Sie hatte zwar einmal irgendwo gelesen, dass Vergewaltigungen selten zur Schwängerung führen, insbesondere bei Gruppenvergewaltigungen. Aber wer weiß, wer diese Studie in Auftrag gab. Vielleicht die Mafia, die junge Mädchen aus armen Staaten unter Vorspiegelung einer gut bezahlten Arbeit in anständigen Arbeitsverhältnissen erst ins Land lockten, um diese dann – in deren Jargon – wohl auch in Form einer Gruppenvergewaltigung ‚zurechtzureiten' und schließlich als Prostituierte für sich arbeiten zu lassen.

Und schließlich gab es die Gefahr, dass die Männer ihrerseits sie mit einer Geschlechtskrankheit angesteckt haben. Marta hielt dies zwar für wenig wahrscheinlich, weil die Männer sich damit ja auch untereinander anstecken würden, was sie als Freunde wohl nicht im Sinn hatten. Aber wer weiß, ob jeder von ihnen über seinen Gesundheitszustand wirklich ausreichend Bescheid wusste.

Ich muss das klären, sagte sie sich. Aber wo soll ich hingehen? Anzeige erstatten und mich vom Amtsarzt untersuchen lassen? Jetzt, wo ich in meiner

Dummheit die Spermaspuren durch zweimalige intensive Säuberung wohl gänzlich beseitigt habe? Welche Spuren der Gewaltanwendung kann ich vorweisen? Keine! Selbst die Spuren, die der Schal an den Handgelenken hinterlassen hatte, waren jetzt nach nur bald 12 Stunden nicht mehr zu sehen. Feststellen zu lassen, dass ich keine Jungfrau mehr bin? Das ginge, ja, aber ob die noch wunde Vulva den Zeitpunkt meiner Entjungferung wirklich exakt auf den Zeitraum einzuschränken erlaubt, in dem ich nachweislich dem Meeting beiwohnte, halte ich für mehr als fraglich.

Eine Anzeige ohne derartigen amtsärztlichen Befund ist zudem wohl von vornherein aussichtslos. Ja, die ihr bis jetzt unbekannten Namen der drei Topmanager, wie ihr Chef sie bezeichnet hatte, würden wohl aktenkundig werden. Und dann? Dann würde Aussage gegen Aussage stehen. In Zahlen: vier zu eins! Keine Chance! Auch die Männer hatten sich inzwischen wohl so ausreichend gesäubert, dass man an ihren Schniedeln keine DNA-Spuren mehr finden würde, die von ihr stammen. Nein! Keine Chance!

Irgendwie will, nein muss ich mich aber rächen. Das darf nicht ungesühnt bleiben!

Maria, die sie beim Essen beobachtete, unterbrach sie in ihren düsteren Gedanken. „Was denkst du gerade so angestrengt. Lass den Kerl stehen, verschwende keinen weiteren Gedanken an ihn!"

Wenn Maria wüsste! Aber sie weiß eben nicht, darf nicht wissen. Wer darf? Maria nahm ihr die Antwort ab:

„Du solltest zu unserer Frauenärztin gehen und mit ihr die Sache besprechen. Dabei solltest du zusätzlich klären, ob der dummerweise ungeschützte Verkehr nicht vielleicht zu einer Ansteckung mit einer Geschlechtskrankheit geführt hat!"

„Du hast recht", antwortete Marta. „Ich glaube, sie hat heute Ordination und ich habe frei. Vielleicht klappt es. Ich werde gleich, wenn ich mit dem von dir so lieb gerichteten Frühstück fertig bin, anrufen."

„Lass nur, iss weiter", sagte Maria. „Ich mache das gleich für dich."

Maria verschwand ins Vorzimmer. Schon zwei Minuten später kam sie zurück und verkündete: „Ich habe die Ärztin erreicht. Um 20 Uhr hast du heute einen Termin."

Kap_12 Bei der Frauenärztin

„Vielen Dank, dass Sie mir heute Abend nach einer langen Reihe von Patientinnen noch einen Termin gaben", sagte Marta dankbar, während sie der Ärztin die Hand gab. Diese war eine erfahrene Ärztin im Alter von etwa 50 Jahren, verheiratet und Mutter dreier Kinder. Kurz, sie wusste nicht nur aus

Lehrbüchern über das Eheleben, Sex und alles, was damit zusammenhängt, Bescheid. Marta kannte sie zudem seit Beginn ihrer Pubertät, also seit mehr als sieben Jahren, und vertraute ihr voll und ganz.

„Die Stimme deiner Schwester am Telefon klang so besorgt, als ob dein Besuch bei mir sehr dringlich wäre", antwortete die Ärztin. „Daher habe ich meinem Mann gesagt, dass ich erst eine halbe Stunde später nach Hause kommen werde. Ich hoffe, dass das ausreicht. Denn sonst ist er vielleicht wirklich grantig."

Marta suchte ersichtlich nach Worten für einen passenden Anfang, weswegen die Ärztin die Initiative übernahm.

„Marta, wir kennen uns nun schon sehr lange. Du hast offenbar ein Problem. Öffne dein Herz. Ich bin zu absolutem Stillschweigen verpflichtet, auch gegenüber deinen Eltern, deiner Schwester, einem allfälligen Freund oder wem auch immer. Selbst vor Gericht kann ich mich der Aussage entschlagen. Also: raus damit. Was bedrückt dich?"

Marta nahm sich ein Herz und begann mit erstickter Stimme die Ereignisse zusammenfassend zu berichten:

„Ich bin bei einer Firma zur Ferialpraxis und wurde von deren Chef zu einem abendlichen Meeting mit drei seiner Geschäftsfreunde als Protokollführerin verpflichtet. Zunächst verlief alles wie erwartet.

Doch dann fielen alle vier über mich her, fesselten meine Hände und legten mich auf den Tisch, wobei sie meine Beine bei den Knien festhielten. Dann nahm mich einer nach dem anderen. Dabei habe ich meine Jungfernschaft verloren. Zudem verwendeten sie keine Kondome, sodass für mich die Gefahr der Schwängerung und Ansteckung mit einer Geschlechtskrankheit gegeben ist."

Die Ärztin sah sie mit großem Mitgefühl an und bat sie, weiter zu berichten.

„Am Ende hat mir mein Chef eine Schachtel mit der PILLE DANACH übergeben, die ich heute vormittags aus Dringlichkeitsgründen schon einnahm. Und jetzt bin ich hier, um Ihren Rat zu erbitten, ob das richtig war und was ich noch vorsorglich tun könnte. Im Beipackzettel stand etwas von einer SPIRALE DANACH."

Die Ärztin blickte sie mit traurigen, mitfühlenden Augen an. „Es wird dich nicht trösten, aber leider ergeht es vielen Frauen so wie dir. Näheres darf ich dir wegen meiner Verschwiegenheitspflicht nicht sagen. Nur soviel, dass Anzeigen bei der Polizei meist im Sand verlaufen. Hast du Anzeige erstattet?"

„Bis jetzt nicht. Soll ich?", fragte Marta zurück.

„Mach dich einmal frei – nicht nur unten – damit ich sehe, ob irgendwo noch Spuren von Gewaltanwendung feststellbar sind."

Die Ärztin nahm eine Lupe, betrachte eingehend ihre Handgelenke und die Beine. „Mit viel Phantasie kann man die geschilderten Spuren erahnen. Aber keine Hämatome, Strangulationsspuren usw. Schade. Das wird nicht reichen."

„Übrigens: Hast du die Schachtel noch? Da könnten Fingerabdrücke deines Chefs drauf sein."

„Nein. Es war nur eine einzige Pille drinnen. Offenbar korrekt, da im Beipacktext von einer Einmalgabe die Rede ist. Ich habe die leere Schachtel daher weggeworfen."

„Wie sieht es mit Spermaspuren aus?", fragte die Ärztin weiter.

„Ich war so dumm, mich gleich danach und heute früh nochmals gründlich zu säubern. Ich wollte all das ekelige Zeug nicht mehr in und an mir haben!"

„Das verstehe ich nur zu gut", sagte die Ärztin. „Warst du bei der Vergewaltigung völlig nackt oder noch teilweise bekleidet?"

„Man hat mich nicht entkleidet, sondern nur mein Kleid und Höschen zur Seite geschoben."

„Gut. Dann können sich dort noch Spuren finden..."

„... sofern meine manchmal übereifrige Schwester nicht inzwischen die Kleider in die Waschmaschine gab. Es wäre nicht das erste Mal. Also traue ich es ihr zu."

„Gut. Kläre das mit deiner Schwester. Und nun hinauf mit dir auf den Gynäkologenstuhl, damit ich mir die Sache aus der Nähe ansehe."

„Ja, das Hymen ist eingerissen. Der Scheideneingang sieht sehr wund aus – nun ja, bei vier Männern hintereinander kein Wunder. Zudem dürften sie nicht besonders zart und einfühlsam mit dir umgegangen sein, oder?"

„Nein", schluchzte Marta, während Tränen ihr in die Augen schossen.

„So, jetzt nehme ich noch mehrere Abstriche. Anders als sonst diesmal nur mit Wattestäbchen. Also keine Angst! Ich werde sie bei mir geeignet deponieren. Mit ihnen kann man notfalls noch Jahre später DNA-Vergleiche anstellen."

„Für deine wunde Vulva gebe ich dir nachher eine Salbe mit."

„Hinsichtlich einer möglichen Ansteckung kann man so knapp nach der Penetration nichts sagen. In ein paar Tagen können wir eine allfällige Pilz- oder Tripperinfektion diagnostizieren. HIV erst frühestens in sechs Wochen. Genitalherpes und andere Krankheiten haben zum Teil noch viel längere Inkubationszeiten. Nicht einmal nach einem Jahr kann ich völlige Entwarnung geben."

„Und das alles für einige wenige Sekunden sogenannten männlichen Vergnügens", sagte Marta bitter und begann wieder zu weinen.

Obwohl die Ärztin noch nicht fertig war, zog sie ihre Latex-Handschuhe aus und nahm Marta wie ein kleines Kind in den Arm. Sie war Mutter einer ungefähr gleich alten Tochter und wusste, was zu tun war.

Als sich Marta wieder einigermaßen beruhigt hatte, ergriff die Ärztin wieder das Wort. „Da du den Beipacktext der PILLE DANACH gelesen hast, weißt du über die Probleme damit Bescheid. Wir beide wissen nicht, ob du schon einen Eisprung hattest. Wenn ja, ist die PILLE DANACH nutzlos. Ich schlage daher wie von dir erwähnt vor, dir die SPIRALE DANACH einzusetzen. Da die mögliche Befruchtung weniger als 24 Stunden zurückliegt, hat sich das Ei wohl noch nicht eingenistet. Und wir werden das mit der Spirale verhindern, so gut das geht. Leider kommt es in seltenen Fällen dennoch zu einer Einnistung. Aber Probieren sollten wir es. Die Chancen stehen besser als 1:20 für einen Erfolg. Soll ich?"

„Bitte ja. Es wäre schrecklich, wenn ich das Kind einer dieser Bestien austragen müsste – obgleich ich es dann wahrscheinlich abtreiben würde."

„Das verstehe ich. Aber eine Abtreibung ist ein schwerer physischer und auch psychischer Eingriff, der zudem für zukünftige Schwangerschaften negative Folgen haben kann. Also hoffen wir das Beste und malen nicht schon jetzt den Teufel an die Wand."

Damit ging die Ärztin zu einem Kasten und holte eine steril verpackte Spirale heraus und zog neuerlich Handschuhe an. „Es kann nun ein bisschen weh tun. Aber das sollte es dir wert sein."

Marta war auch dieser Meinung und biss die Zähne tapfer zusammen. Dann war alles ausgestanden.

Die Ärztin gab ihr zum Abschied aus ihrer Hausapotheke noch die versprochene Salbe und eine Tablette mit – augenscheinlich die Einmalgabe eines Antibiotikums wegen des Eingriffs, vielleicht auch wegen ihrer wunden Vulva. Dankbar drückte Marta ihrer Ärztin die Hand. Wie viele von ihrer mütterlichen Art gibt es wohl noch, fragte sie sich.

Kap_13 Das Handy als Beweis

Zu Hause angekommen warf sich Marta wieder auf ihre Couch und begann das übliche Zwiegespräch mit ihrem Teddybär-Polster.

„Hab ich dir schon gesagt, dass eine liebende Schwester ein Gräuel sein kann? Heute früh hat sie mir ein fürstliches Frühstück gerichtet. Und als ich heute Abend nach dem Besuch bei der Ärztin herkam, hat sie mich mit dem frisch gewaschenen und gebügelten weinroten Abendkleid samt Unterhöschen überrascht."

„,Schwesterherz', hat sie mich empfangen, ,ich habe auf deinem Kleid und Höschen übelriechende

Verschmutzung und sogar Blutspritzer entdeckt und beides gleich mit meiner Wäsche mitgewaschen. Ich hoffe, das stimmt dich nach dem gestrigen Erlebnis wieder etwas fröhlicher.'"

„Und ob ich mich nicht gefreut habe? Gar nicht, lieber Teddy! Maria hat es nicht verstanden – wie auch. Wie sollte sie auch wissen, dass damit nun endgültig alle Spermaspuren beseitigt oder zumindest unbrauchbar sind – außer vielleicht die auf den Wattestäbchen bei meiner Ärztin."

„Sag mir, was habe ich nun noch in der Hand?", fragt sie traurig ihren Bären.

Doch der Teddybär schwieg – wie seit vielen Jahren.

Ärgerlich darüber drückte – man könnte fast sagen: würgte – Marta den Polster ganz fest. Plötzlich ließ der aufgenähte Bär das vertraute Brummen aus ihren Kindertagen hören. Der eingebaute Tongenerator – ein hochgestochener Werbe-Begriff für einen Gummibalg, der beim Zusammendrücken Luft durch eine passend geformte Lippenpfeife presst und so den Brummton erzeugt – war doch nicht kaputt. Marta war entzückt, dass der Bär wieder mit ihr sprach. Aber was wollte er ihr sagen?

Nach kurzem Nachdenken wusste sie es. Brummton – Ton – Tonaufzeichnung – Handy. Auf das hatte sie ganz vergessen. Sie kramte ihr Handy aus der Theaterhandtasche und wollte es einschalten. Vergeblich. Es ging nicht. Na klar, schalt sie sich nach kurzem Nachdenken. Ich habe gestern völlig darauf vergessen, es abzuschalten. Die Tonaufzeichnung des Meetings musste Stunden gelaufen sein, womit der Akku natürlich total erschöpft den Geist aufgegeben hatte.

Flugs holte Marta das Ladegerät und stöpselte ihr Handy an. Aber auch dann ließ es sich nicht einschalten. Geduld, sagte sich Marta, Geduld. Der Akku wird sich von der Tiefentladung irgendwann erholen. Sie hatte irgendwo gelesen, dass die modernen Lithium-Akkus eine Schaltung enthalten, die sie gegen eine zerstörerische Tiefentladung schützt. Also Geduld.

Eine halbe Stunde später ließ sich ihr Handy wieder starten. Zwar war die Batterie laut Anzeige erst zu 10 % geladen, aber das hatte gereicht. Neugierig ging Marta in das Inhaltsverzeichnis und suchte nach einer Datei im amr-Format mit dem gestrigen Datumstempel. Und sie wurde fündig. Voll Freude umarmte sie ihren Teddybären, der sie auf die Idee gebracht hatte. Na ja, irgendwann wäre sie auch von selbst drauf gekommen, spätestens wenn sie telefonieren wollte. Das tat ihrer Dankbarkeit gegenüber ihrem Teddybären aber keinen Abbruch.

Um diesmal nicht wieder Beweismittel durch eigene Dummheit oder die Unwissenheit ihrer Schwester der Vernichtung preiszugeben, verband sie ihr Handy mit ihrem Laptop und überspielte die Datei.

Einesteils der Sicherheit wegen, andernteils um die wohl schlechte Tonqualität und geringe Lautstärke mit einem geeigneten Programm nachzubearbeiten. Mit Audacity besaß sie ein solches Programm, das sie einmal bloß Interesse halber und weil kostenlos aus dem Internet heruntergeladen hatte. Jetzt konnte sie es gut brauchen.

Ein Blick auf die Uhr des Computers sagte ihr, dass sie diese Arbeit, die wohl viele Stunden dauern würde, auf morgen verschieben müsse. Morgen habe ich auch noch frei, sagte sich Marta, küsste nochmals dankbar ihren Bären und ging zu Bett.

Kap_14 Der gute Ton

Das, was sich Marta gleich nach dem Frühstück am nächsten Morgen anhörte, war keine gute Tonaufnahme, und zwar in zweierlei Hinsicht.

Erstens, weil die Tonqualität wirklich elendiglich war. Das war zu erwarten gewesen, da das Handy in der Handtasche steckte und das eingebaute Mikrofon natürlich keine Studioqualität bieten konnte.

Zweitens, weil das, was sie an Sprüchen während ihrer mehrfachen Vergewaltigung aus dem Mund der Männer hörte und aufnahm, weit weg von einem guten Ton im Sinne einer gewählten, kultivierten Ausdrucksweise war. Wie auch? Es war die Sprache von Bestien in Menschengestalt.

Aber auf den guten Ton kam es nicht an. Wichtig war, dass man die Stimmen und das was sie sagten klar und deutlich hören konnte. Und das hatte sie nach vielen Stunden mühseliger Nachbearbeitung durch Normalisieren, selektive Verstärkung der für den Sprachgebrauch typischen Frequenzen, durch Wegfiltern von Hintergrundgeräuschen und durch Entrauschen bis zum frühen Nachmittag erfolgreich geschafft.

Diesmal war sie zudem so vorausschauend gewesen, nur eine Kopie der Tonaufzeichnung zu bearbeiten. Niemand sollte ihr bei einem allfälligen Prozess später nachsagen können, sie habe die Stimmen manipuliert, die Datei in Sound-Schnipsel zerlegt und dann neu zusammengefügt. Nein. Das, was sie nun in Händen hielt, war ein unwiderlegbarer Beweis für das Schreckliche, was die Männer ihr angetan hatten.

Was war übrigens mit dem Tonmitschnitt passiert, den sie mit dem analogen Tonbandgerät erstellt hatte, fragte sich Marta. War die Aufzeichnung nach der Leistung der Unterschriften gestoppt worden? Sie konnte sich nicht mehr erinnern.

Vielleicht hatte ihr Chef das Gerät gemeinsam mit den Flaschen und den Gläsern auch nur auf die Anrichte abgestellt, ohne es abzuschalten, als er den Tisch für die geplante Vergewaltigung vorsorglich leer räumte? Jedenfalls war das Gerät zu diesem Zeitpunkt sicher nicht mehr am Tisch.

Vielleicht war es auf der Anrichte die ganze Zeit weitergelaufen und war somit ebenfalls ein Beweis für das, was im Büro vorgefallen war. Vielleicht wollte ihr Chef den von ihm geplanten Gang-Bang bewusst aufzeichnen, um sich später daran wie an einem Hörspiel zu delektieren? Vielleicht wollte er das später gemeinsam mit seinen Freunden tun? Vielleicht wollte er ein Beweisstück oder Druckmittel gegen seine Geschäftsfreunde in Händen halten? Vielleicht hatte er rechtzeitig abgedreht oder das Band inzwischen gelöscht? Vielleicht war das alte Gerät kaputt und auch die Aufzeichnung nur ein Bluff? Vielleicht, vielleicht ...

Am wahrscheinlichsten war, dass das Band nun im Safe hinter der rechten Tür der Anrichte verwahrt war. Und wenn ihr Chef es unvorsichtigerweise – denn dass sie um die Existenz dieses Safes wusste, das hatte er augenscheinlich nicht mitgekriegt – dort im Safe beließ, könnte die Polizei es im Zuge einer Hausdurchsuchung als Beweismittel sicherstellen. Ob es aber allein aufgrund ihrer sonst nur wenig untermauerbaren Anzeige überhaupt dazu kommen würde, stand in den Sternen. Wie hatte die Ärztin gestern gesagt? ‚Die meisten Anzeigen verlaufen im Sand.'

Dennoch nütze Marta den Rest des Tages, um den Tonmitschnitt Wort für Wort zu transkribieren. Es war mühevoll, aber jeder Satz sollte aktenkundig sein.

Kap_15 Nachforschungen

Marta hatte nun jedes Wort ihrer Vergewaltiger schriftlich festgehalten, wusste aber nicht, wer hinter dem Männern B, C und D steckte. Wenn ihr Chef meinte, mit dieser billigen Vorsichtsmaßnahme deren Namen geheim halten zu können, so hatte er sich darin und in ihrer Intelligenz gewaltig getäuscht.

Obwohl Marta für den heutigen dritten Tag nach dem Meeting noch freibekommen hatte, machte sie sich auf den Weg zu R&M-Consultationen Inc. Wie sie gehofft hatte, saß Magdalena hinter dem Empfangspult.

„Hallo, Marta", wurde sie von dieser freundlich, aber ersichtlich überrascht, begrüßt. „Die Chefsekretärin hat uns mitgeteilt, dass du erst morgen kommen würdest, weil der Chef dir drei Tage Sonderurlaub wegen deiner großartigen Arbeit beim abendlichen Meeting zugestanden hat. Das tut er ganz selten. Zuletzt tat er das bei deiner Vorgängerin Sabine, die im Juli hier ihr Praktikum antrat und die auch nach einem solchen abendlichen Meeting mit Geschäftsfreunden einen dreitägigen Sonderurlaub erhielt."

„So, so", sagte Marta, die ersichtlich nicht sehr überrascht wirkte.

„Ich habe das noch nie bekommen", sagte Magdalena bitter. „Ich könnte den auch gut brauchen."

„Sei froh, dass du noch keinen bekommen hast, jedenfalls nicht aus diesem Grund."

„Warum? Das verstehe ich nicht", widersprach Magdalena mit einem Anflug von Neid.

„Weil beim Meeting von dir Dinge verlangt werden, die du vielleicht nicht machen willst", gab sich Marta kryptisch. „Hat dir Sabine nichts Genaueres darüber gesagt, warum sie Sonderurlaub bekam?"

„Nein. Ich konnte sie auch nicht mehr fragen, weil sie nach dem Sonderurlaub nicht mehr erschien."

„Und das kam dir nicht merkwürdig vor?"

„Schon. Immerhin braucht sie das Praktikum so wie du. Andererseits kursieren ja, wie ich dir schon sagte, allerhand Gerüchte um unseren Chef hinsichtlich seines Verhältnisses zu jungen Mitarbeiterinnen. Vielleicht gab es da einen Vorfall. Ich jedenfalls bin auch eine junge Mitarbeiterin, kann aber die Gerüchte in keinster Weise bestätigen."

Du bist aber auch nicht sonderlich attraktiv, dachte sich Marta, womit du für den Chef und seine Kumpanen offenbar zu wenig interessant bist. Vielleicht machen sie sich aber auch nur gezielt an jene jungen Mitarbeiterinnen wie Sabine und mich heran, welche die Firma wenige Wochen später wieder verlassen. Laut sagte sie jedoch:

„Übrigens: Waren bei dem damaligen Meeting auch drei Herren anwesend? Vielleicht sogar dieselben wie bei dem, an dem ich vor zwei Tagen teilnahm?"

„Das werden wir gleich haben", antwortete Magdalena. „Hier kommt niemand durch die Sicherheitsschleuse, der sich nicht ausweist. Und diese Daten sind alle hier bei mir im Computer gespeichert. Komm, setz dich zu mir, dann werde ich es dir zeigen."

Nach kurzem Blättern durch eine lange Excel-Liste hatte Magdalena jenen Tag Mitte Juli gefunden, an dem Sabine das Meeting hatte. „Schau. Hier steht es schwarz auf weiß: Um 19:55 erschienen drei Herren. Sie haben sich wohl vorher getroffen, denn alle drei erschienen genau zur selben Zeit. Hier stehen ihre Namen. Du kannst sie, wenn du sie brauchst, gerne abschreiben. Vielleicht willst du einmal in einer von deren Firmen Ferialpraxis machen?"

„Ja, vielleicht", log Marta, die genau wusste, dass sie das nicht wollte, außer sie hatte im Sinn, ihre Erlebnisse vor zwei Tagen dort aufzufrischen. „Hast du mehr als nur ihre Namen?"

„Ja natürlich", antwortete Magdalena. „Abgesehen von Mitarbeitern und Mitarbeiterinnen muss sich jeder Besucher ausweisen. Sein Ausweis wird von mir gescannt. Aber das weißt du ja ohnehin. Was du nicht weißt, ist, dass die zugehörige Bilddatei für einige Jahre auf unserem Server gespeichert wird. Hier im Excel-Sheet steht jeweils nur ein Link auf diese Dateien. Klick drauf, dann wirst du es sehen!"

Marta ließ sich nicht zweimal bitten. Sekunden später hatte sie die Kopie des Führerscheins eines der Männer am Bildschirm. Es bestand kein Zweifel. Das war der ominöse Herr B.

„Ja, wirklich. Toll", lobte Marta, meinte damit aber weniger das ausgeklügelte Sicherheitssystem als die Möglichkeit, so einfach an die persönlichen Daten der drei Bestien heranzukommen. „Kannst du mir die drei Bilddateien mailen? Bitte!"

„Na, eigentlich dürfte ich das nicht", antwortete Magdalena. „Du weißt schon. Datenschutz und so. Aber wenn es sich bei deinem Meeting um die gleichen drei Herren handelt, die damals im Beisein von Sabine konferierten, will ich eine Ausnahme machen. Denn dann kann ich auf ein berechtigtes Interesse deinerseits verweisen."

Nur Sekunden später hatte Magdalena das Excel-Sheet jenes Tages geöffnet, an dem Marta ihr Meeting gehabt hatte. „Tatsächlich", sagte Magdalena mit ehrlicher Überraschung. „Die gleichen drei Männer! Gut – wie soll ich dir die Dateien zukommen lassen?"

„Vielleicht auf meinen USB-Stick überspielen? Oder per E-Mail? Oder wird auch das alles protokolliert und ich werde mit meinen Daten bei euch eine Karteileiche?", antwortete Marta.

„Das bist du schon längst", replizierte Magdalena. „USB-Sticks dürfen grundsätzlich nicht verwendet werden – aus Angst hier Schadsoftware ins System einzuschleppen. Datenaustausch per E-Mailverkehr ist möglich, wenn auch nur auf bestimmte harmlose Dateiformate wie etwa pdf und jpeg eingeschränkt. Mit den Ausweiskopien also kein Problem, weil sie im jpeg-Format abgelegt sind. Wenn du mir deine E-Mailadresse gibst, leite ich dir die drei Dateien weiter", bot Magdalena an.

„Das brauche ich wohl nicht extra tun. Meine E-Mailadresse musste ich schon bei meiner Bewerbung angeben du findest sie daher sicher auch in diesem wunderbaren System. Schau bitte gleich nach!"

Magdalena tat wie geheißen. „Tatsächlich. Da haben wir schon alle Daten der Marta Frank samt Adresse, Telefonnummer, E-Mailadresse usw. Übrigens wirst du, wie ich sehe, in wenigen Tagen 19 Jahre alt. Darf ich dir schon jetzt im Voraus gratulieren? Wirst du dieses letzte große Teen-Ereignis mit einer ordentlichen Fete oder gar Sex-Orgie feiern?", fragte Magdalena neugierig.

„Ich glaube, ich habe diesen letzten Geburtstag meines Teens-Jahrzehnts schon gründlichst vorgefeiert", antwortete Marta mit einer Bitterkeit in der Stimme, auf die sich Magdalena angesichts ihrer eigenen Erinnerung an dieses ausgelassene Fest keinen Reim machen konnte.

„Danke für deine Hilfe. Ach ja. Könntest du mir auch die Daten der Ferialpraktikantin Sabine schicken. Ich würde gerne mit meiner Leidensgenossin Kontakt aufnehmen."

Warum Leidensgenossin, fragte sich Magdalena irritiert. War der hiesige Ferialjob, der ja nur ein kurzes Monat dauert, wirklich so anstrengend, dass man von Leiden sprechen konnte? Ein verwöhntes Pack, diese Schülerinnen aus Höheren Schulen! Sie sollten einmal so wie ich den schlecht bezahlten Job jahrein-jahraus machen! Laut sagte sie aber: „Gerne. In einer Stunde hast du alles in deinem Postfach am Computer."

„Vielen Dank, liebe Magdalena. Dann bis morgen, wo ich ja nicht mehr freihabe. Anders als Sabine komme ich nämlich wieder zur Arbeit."

Kap_16 Treffen mit Sabine

Wie versprochen fand Marta beim Heimkommen die gewünschten Daten in ihrem Postfach und beschäftigte sich gleich damit. Zu dem um diese Zeit üblichen Mittagessen hatte sie keine Lust. Gestern hatte sie gemeint, dass sie die Einnahme der PILLE DANACH ohne große Nebenwirkungen überstanden hätte. Aber sie hatte den Tag vor dem Abend gelobt. Heute war ihr zwar nicht speiübel, aber doch so übel, dass sie keinerlei Appetit verspürte.

Sie nahm ihr inzwischen wieder voll aufgeladenes Handy und wählte die Nummer von Sabine. Sie hatte offenbar Glück, weil sich eine weibliche, jugendlich klingende Stimme meldete.

„Hallo. Spreche ich mit Frau Sabine Meyer?"

„Ja. Und wer sind Sie?"

„Jemand, der wie Sie bei R&M-Consultationen Inc. gerade Ferialpraxis macht."

„Aha. Meine ist schon vorbei. Worum geht es?"

„Ich würde das gerne mit Ihnen besprechen, allerdings nicht hier am Telefon. Es geht um etwas sehr Persönliches. Darf ich Sie heute nachmittags auf einen Kaffee einladen? Die genaue Uhrzeit und den Ort können Sie auswählen."

„Prinzipiell hätte ich Zeit, da ich noch Sommerferien habe. Aber nur, wenn Sie mir sagen, warum Sie mich treffen wollen. Nur, weil Sie so wie ich offenbar noch Schülerin sind und über Ihre Erfahrungen mit Schule und Ferialjob plaudern möchten?"

„Nein. Nicht nur. Plaudern ist vielleicht auch nicht das passende Wort", antwortete Marta. „Ich glaube, dass es eher ein sehr ernstes Gespräch als ein lockeres Geplauder werden wird. Uns vereint nicht allein der Umstand, dass wir beide Schülerinnen im letzten Schuljahr einer Höheren Schule sind, sondern Erlebnisse, die Sie und ich jeweils bei einem abendlichen Meeting in der Firma hatten, dass wir also in dieser Hinsicht Leidensgenossinnen sind. Ich hoffe, ich habe mich klar genug ausgedrückt."

Langes Schweigen auf der anderen Seite der Leitung – auch wenn diese Leitung im Zeitalter der Handys nur mehr zum Teil physisch existierte.

„You too?", kam es dann zögerlich zurück. „Diese Schweine!"

„Ja, genau um diese Schweine geht es", antwortete Marta. „Nun, treffen wir einander?"

„Ja, gerne. Sagen wir um Punkt 16 Uhr im Cafe Metropolitan. Wissen Sie – oder darf ich DU sagen, da wir ja gleich alt und Leidensgenossinnen sind – wo das ist? Ich werde eine giftgrüne Baseballkappe als Erkennungszeichen tragen. Und du?"

„Ja, ich kenne das Kaffeehaus. Zudem brauchen wir keine Erkennungszeichen. Jedenfalls ich nicht. Ich habe ein Foto von dir", nahm Marta das Angebot zum Duzen ganz informell und selbstverständlich an.

„Woher?", fragte Sabine überrascht.

„Woher wohl? Aus derselben Quelle, von der ich deine Telefonnummer habe. Aus dem Firmencomputer. Also bis 16 Uhr."

Marta verbrachte die Stunden bis dahin damit, sich nochmals den Tonmitschnitt ihres Meetings, das deutlich mehr als zwei Stunden gedauert hatte, anzuhören. Einerseits, um sich von der dauernden latenten Übelkeit abzulenken, andererseits um beim Gespräch mit Sabine die Einzelheiten besser im Kopf zu haben. Genaugenommen war das eigentlich unnötig. Jede Minute des Geschehens – sieht man von der Schreibarbeit am Protokoll ab – hatte sich unauslöschlich in ihr Gedächtnis eingebrannt.

Sie wurde gerade rechtzeitig fertig, um den kurzen Weg zum vereinbarten Kaffeehaus zeitgerecht zu bewältigen.

Nach kurzem Herumblicken entdeckte sie die giftgrüne Baseballkappe in einer Ecke des Gastgartens. Zielstrebig ging sie dorthin und begrüßte Sabine wie eine alte Freundin mit Bussi-Bussi. Diese ließ das ohne ersichtlichen Widerstand geschehen.

„Hallo Sabine", begann Marta das Gespräch. „Ich heiße Marta. Danke, dass du meine Einladung angenommen hast. Was darf ich für dich bestellen?"

„Das gleiche wie für dich", antwortete Sabine.

„Dann bekommst du nichts. Mir ist leider ziemlich übel, sodass ich besser nichts zu mir nehme. Also: Vielleicht die berühmte Haustorte mit einem Cappuccino?"

„Na gut, überredet", lachte Sabine. Marta winkte der Serviererin, bestellte für Sabine wie gerade besprochen und für sich eine Flasche Mineralwasser.

„Und warum ist dir übel", versuchtet Sabine das Gespräch fortzusetzen. „Etwas Schlechtes gegessen?"

„Nein. Das sind die Nebenwirkungen der PILLE DANACH, die ich nach meinem nun drei Tage zurückliegenden Meeting schlucken musste. Und damit sind wir schon beim Thema, weswegen ich dich sprechen wollte."

Als Sabine nicht gleich darauf antwortete, fuhr Marta fort. „Ich schildere dir nun ganz kurz, was mir widerfuhr, und hoffe, dass du danach ebenso ehrlich mir schilderst, was dir widerfuhr."

Als Sabine langsam nickte, begann Marta zu erzählen: „Am dritten Tag meiner Ferialpraxis verpflichtete mich der Chef der Firma, den du ja auch kennst, zu einem abendlichen Meeting mit drei Geschäftsfreunden. Als Protokollführerin, wie er sagte. Das war ich dann auch, aber nur anfangs und so nebenbei. In Wahrheit hat er mich damit nur abends in sein Büro gelockt, wo dann alle vier der Reihe nach über mich hergefallen sind. Dass ich noch Jungfrau und damit wohl frei von Geschlechtskrankheiten war, nahmen sie freudig zur Kenntnis und sogar zum Anlasse, ohne jeden Schutz mit mir zu verkehren. Einer nach dem anderen."

Nach einer kurzen Pause fuhr sie fort: „Und so sitze ich nun hier nach vorsorglicher Einnahme der PILLE DANACH, erfüllt von Übelkeit, aber in der inständigen Hoffnung, nicht geschlechtskrank oder gar schwanger geworden zu sein."

Sabine sah sie lange und ernst an, bis auch sie begann ihre Geschichte zu erzählen:

„Mir, liebe Marta, ging es ganz ähnlich. Auch ich wurde bald nach Beginn meiner Arbeit bei R&M-Consultationen Inc. vom Chef zu einem abendlichen Meeting verpflichtet, um dort als Protokollantin tätig zu werden. Eigenartig und total unüblich fand ich, dass ich das Protokoll nur handschriftlich und in einfacher Ausfertigung erstellen musste. Normalerweise tippt man das dann später in den Computer, druckt es aus und jeder der Geschäftspartner erhält ein eigenes Exemplar. Aber nein. Zudem erschien mir ihr Geplänkel über einen angeblich aus dem ostasiatischen Raum kommenden neuen Marktkonkurrenten als wenig professionell, ebenso wie der Vorschlag meines damaligen Chefs, durch Gründung einer neuen Firma im Ausland eine Exportförderung einheimsen zu können. Irgendwie war mir das alles suspekt, obwohl ich von keiner wirtschaftlichen, sondern einer technisch ausgerichteten Höheren Schule komme. Wie auch immer. Kaum war das Protokoll unterschrieben, fielen alle vier Männer über mich her. Anders als du hatte ich keine Angst, dabei geschwängert zu werden. Ich hatte und habe noch immer einen festen Freund, mit dem ich regelmäßig verkehre und weswegen ich die Pille einnehme. Was mir mehr Angst machte – sieht man von der körperlichen Gewalt und Brutalität ab, mit der sie mich festhielten und nahmen –, war dabei mit einer Geschlechtskrankheit angesteckt zu werden. Diese Männer hatten offenbar mit vielen Frauen sexuelle

Kontakte und waren daher in höchstem Maße ein Infektionsrisiko für mich. Glücklicherweise war ich so schlagfertig, sie vor meiner Herpes Genitalis zu warnen – obgleich ich kerngesund bin. Aber es wirkte. Plötzlich hatten sie selber Angst, sich anzustecken. Leider nicht so viel, überhaupt ihre schmierigen Finger von mir zu lassen. Aber nun streiften sie Gummis über und schützen somit ungewollt auch mich."

„So einen guten Einfall hatte ich leider nicht", warf Marta ein. „Ich dumme Kuh glaubte, dass sie meine Jungfräulichkeit respektieren würden, dass sie mit einer Frau, die nicht vorsorglich verhütet und die daher schwanger werden könnte, erst gar nicht kopulieren würden. Falsch gedacht. Für sie war gerade das ein zusätzlicher Anreiz."

„Arme Marta", zeigte Sabine echtes Mitgefühl.

„Was mir besonders interessant erscheint", setzte Marta fort, „ist, wie sich die Meetings gleichen. Ich glaube, dass das Meeting immer die gleiche Schmierenkomödie ist, welche die vier Männer nur dazu inszenieren, um blutjunge Ferialpraktikantinnen wie uns vernaschen zu können."

„Das glaube ich nach deiner Schilderung nun auch", sagte Sabine. „Aber wie kann man diesen Schweinen das Handwerk legen?"

Nach einer kurzen Nachdenkpause fuhr sie fort. „Auch wenn mein Fall rechtlich gesehen noch nicht verjährt ist – er liegt ja nicht einmal ein Monat zurück – wird eine Anzeige nichts bringen. Wegen der Verwendung der Präservative gab und gibt es keine Spermaspuren. Auch die DNA-Spuren sind wohl längst dem täglichen Duschen zu Opfer gefallen."

„Zudem bin ich damals auch von einer Anzeige zurückgeschreckt, weil ich den Vorfall sonst meinem Freund hätte beichten müssen. Kein angenehmer Gedanke. Vielleicht hätte er gemeint, ich hätte die Herren mit meiner hübschen Kleidung – ich sollte unbedingt in einem fraulichen, aparten Abendkleid erscheinen – ..."

„... wie sich die Szenarien haarscharf gleichen!", warf Marta ein.

„... und meiner freundlichen und manchmal koketten, kessen Art die Herren geradezu herausgefordert, sich mit mir mehr als nur geschäftlich oberflächlich zu beschäftigen. Ihn durch diesen Vorfall als Freund und Liebhaber zu verlieren wäre viel schmerzlicher gewesen, als vier Männer hintereinander körperlich zu empfangen. Mein Freund ist sehr gut gebaut und sehr, wirklich sehr ausdauernd, was das betrifft. Die nicht einmal zwei Stunden mit den vier Männern waren daher vergleichsweise keine Schwerarbeit für mich."

„Für mich als Jungfrau schon", ergänzte Marta. „Ich war von der Defloration wund – und so waren die ersten drei Kopulationen wahrlich kein Genuss für mich. Nur bei der letzten, als mein Chef mich nahm, hatte ich einen Orgasmus. Mein Geist wollte zwar nicht, aber das Fleisch wurde schwach."

„Arme Marta", wiederholte Sabine. „Aber du hattest wenigstens einen Orgasmus."

„... genaugenommen zwei", korrigierte Marta.

„Ich hatte keinen. Abgesehen von unserem Chef, da gebe ich dir recht, waren das nur mäßig bestückte Männer. Wahrscheinlich brauchen sie deswegen den Kitzel von Gewaltanwendung als zusätzlichen Stimulans."

Marta und Sabine schwiegen. Die Erzählungen hatten die Geschehnisse wieder zu neuem Leben erweckt und drückten auf ihre Seele.

„Hast du Anzeige erstattet", versuchte Sabine schließlich wieder das Gespräch anzufachen.

„Nein, auch nicht", antwortete Marta. „Ich habe zwar keinen Freund, um dessen weitere Zuneigung ich bangen müsste. Aber ich war so dumm, die Spermaspuren wegzuwaschen. Ich wollte mich unbedingt reinigen, als ob sich die Seele mit Wasser reinigen ließe. Ja vielleicht – mit Tränen. Diese sind auch in hohem Maße geflossen. Selbst die Spermaspuren auf meiner Kleidung wurden dummerweise vernichtet. Was bleibt, ist also nur Aussage gegen Aussage, also vier gegen eine. Es ist wohl klar, wem geglaubt wird, oder?"

„Ja, leider", bekräftigte Sabine. „Aber irgendwie habe ich auch Verständnis dafür. Es gibt auch rachsüchtige Frauen, eifersüchtige Liebhaberinnen, sitzengelassene Ehefrauen. Einen Mann allein aufgrund der Aussage einer einzigen Frau ohne weitere Beweise jahrelang ins Gefängnis zu schicken, erscheint mir auch untragbar. Wie heißt es in unserem Rechtssystem so schön: Es gilt die Unschuldsvermutung für den Angeklagten."

„Daraus folgt, dass wir Beweise brauchen", sagte Marta.

„Hab ich aber nicht", erwiderte Sabine. „Damit aber so etwas nicht wieder vorkommen kann, habe ich daraufhin die Firma nicht mehr betreten."

„Ich weiß", sagte Marta. „Ich werde sie aber wieder betreten. Schon morgen. Ich habe nämlich einen Beweis – und damit werde ich meinen Chef morgen konfrontieren."

„Lass hören! Ich bin neugierig", zeige sich Sabine gespannt.

„Nicht jetzt", antwortete Marta. „Wenn du willst, treffen wir einander morgen um die gleiche Zeit – nein, da arbeite ich noch – sagen wir um 18 Uhr, und zwar wieder hier. Dann berichte ich dir, wie es gelaufen ist. Einverstanden?"

„Einverstanden."

Marta winkte die Serviererin herbei und bezahlte. Die Frauen verabschiedeten sich wie bei ihrer Ankunft mit Bussi-Bussi, diesmal aber nicht in Form eines bloß zeitgeistigen sterilen Zeremoniells, sondern als Ausdruck einer durch schreckliche Ereignisse induzierten Seelenverwandtschaft. Vielleicht könnte man sogar sagen: als Freundinnen.

Kap_17 Wieder beim Chef

Pünktlich um 8 Uhr erschien Marta am Freitag, dem vierten Tag nach dem Meeting, wieder an ihrem Arbeitsplatz und nahm neben Magdalena Platz.

„Nun, hast du meine E-Mail bekommen?", fragte Magdalena.

„Ja. Danke", antwortete Marta.

„Haben sie dir geholfen? Hast du schon bei einem der Herren für nächstes Jahr um einen Ferialjob angeklopft?"

„Nein. Ich bin zu keiner weiteren Ferialpraxis mehr verpflichtet. Zudem weiß ich noch gar nicht, was ich nach der Reifeprüfung machen werde – so ich sie erfolgreich ablege."

„Vielleicht eine Weltreise? Jeder der drei Herren würde dich als junge, attraktive Begleiterin wohl gerne mitnehmen."

„Und dafür natürlich gewisse Gegenleistungen verlangen, oder?"

„Natürlich. Aber wäre das so schlimm?", zeigte sich Magdalena ehrlich erstaunt.

„Für dich nicht?"

„Nein. Ich habe doch auch Spaß an den Gegenleistungen. Wenn ich das Angebot bekäme, würde ich fahren. Aber mir macht niemand solche Angebote – leider", sagte Magdalena mit großer Bitterkeit in der Stimme resignierend.

„Kopf hoch, das kann ja noch werden", sagte Marta mit vorgetäuschter Zuversicht, obgleich sie wusste, dass dies kaum passieren wird. Magdalena müsste sich nur in den Spiegel schauen und ehrlich sein.

Das Frauengeplänkel wurde jäh durch einen Anruf unterbrochen. Magdalena hob ab, sagte erst ‚ja', dann nochmals ‚ja' und ‚sofort'. Sie legte ab und wandte sich wieder Marta zu.

„Der Chef will dich sehen. Sofort."

Marta war froh, dass er aktiv geworden war und sie nicht warten musste, bis sie ihn irgendwann in seinem Büro antraf oder gar davor auf ihn warten musste. Zusätzlich hatte sie jetzt eine Zeugin, wann und wohin sie gegangen war. Sicher ist sicher.

Also auf in die Höhle des Löwen, die sich hoffentlich inzwischen nicht wieder in einen gespenstisch lautlosen Dschungel mit Menschenaffen verwandelt hatte. Sie griff in ihre Handtasche. Ja, das Handy war wieder auf Aufnahme geschaltet. Und da war er, ihr Pfefferspray. Heute hatte sie ihn mit. Heute würde ihr Chef ihr nicht ohne heftige Gegenwehr zu nahe kommen können.

Marta klopfte an die Tür zum Raum 0815 und trat nach einem kräftigen ‚Herein' ein. Ihr Chef saß auf der Couch und lud sie mit einer Handbewegung ein, neben ihm Platz zu nehmen. Marta schüttelte nur den Kopf und blieb unmittelbar hinter der Eingangstür stehen.

„Es freut mich", begann ihr Chef, „dass du dich in den drei Tagen Sonderurlaub gut von den Strapazen des Meetings erholt hast."

Er kann es nicht lassen, immer mit zynischer Zweideutigkeit zu sprechen, stelle Marta grimmig fest.

„Noch mehr freut es mich, dass du wieder zur Arbeit gekommen bist. Meine letzte Ferialpraktikantin erschien nach einem analogen dreitägigen Sonderurlaub einfach nicht mehr zum Dienst."

Ich weiß, sagte sich Marta. Ich weiß auch, warum. Aber das sagte sie nicht laut. Ihr Chef sollte nicht wissen, was sie bereits alles wusste.

„Ein undankbares Luder!", fuhr dieser fort. „Du bist offensichtlich anders und willst weiterhin unter mir arbeiten."

Schon wieder diese zweideutige Anspielung, dachte sich Marta. Nein, ich will und werde in der von ihm wohl gemeinten Weise sicher nie mehr unter ihm arbeiten.

„Es hat dir doch auch Spaß gemacht, oder?"

„Nein", war Martas entschiedene Antwort.

„Nein?", fragte ihr Chef offenbar ehrlich überrascht und ungläubig zurück. „Du hast mir aber diesen Eindruck vermittelt."

„Dann war er eben ein falscher Eindruck", war Martas schnippische Antwort.

„Lüg nicht", herrschte sie ihr Chef an. „Ich habe genug Frauen gehabt um zu wissen, ob sie einen Orgasmus hatten oder nicht. Du hattest einen, sogar im Doppelpack."

„Das stimmt", antwortete Marta.

„Na also", war die Stimme des Chefs plötzlich wieder sanft und begütigend.

„Aber Spaß hat es mir dennoch nicht gemacht", beharrte Marta auf ihrer Antwort.

„Du wirst sehen, dass der Spaß immer größer wird, je öfter du mit mir einen Orgasmus erleben wirst. Das kannst du jeden Tag hier haben, wenn du willst. Ich gebe dir dann sogar den ganzen Tag danach wieder frei und verdopple dein Salär", lockte ihr Chef mit zuckersüßer Stimme.

„Kein besonders tolles Angebot", antwortete Marta trocken. „Das Doppelte von null ist immer noch null."

„Was? Das wusste ich nicht", stellte sich ihr Chef unwissend, obgleich er das sicher wusste und auch veranlasst hatte. „Wie viel willst du haben? Ich zahle gut, denn du bist das wert."

„Nein danke", war die knappe Antwort.

„Willst du vielleicht mit mir übers Wochenende nach Paris jetten? Das wäre doch was, oder?"

„Nein danke", wiederholte Marta stur ihre Antwort. „Was würde übrigens Ihre Frau dazu sagen? Das können Sie nicht so einfach wie Ihr Treiben hier im Büro geheim halten."

„Lass meine Frau aus dem Spiel. Wir haben uns arrangiert. Das braucht nicht dein Problem sein."

„Ist es auch nicht und wird es auch nicht werden, denn ich will einfach nicht."

„Muss man euch Gören wirklich immer mühsam zu eurem Glück überreden? Komm her, dann zeige ich dir gleich nochmals, dass ich ein richtiger Mann bin", lockte ihr Chef mit bewundernswerter Geduld. Er muss wirklich etwas an mir gefressen haben, dass er nicht und nicht aufgibt, sagte sich Marta. Oder kann er nur einfach nicht verlieren?

Marta fühlte sich in ihrer Beurteilung sogleich bestätigt. Da seine Worte nichts fruchteten, setze ihr Chef an sich zu erheben. Wahrscheinlich wollte er sie mit mehr oder weniger sanfter Gewalt zu sich auf die Couch zerren. Nicht mit mir, sagte sich Marta. Heute hat er keine Helfer. Sie zog ihren Pfefferspray gut sichtbar aus der Handtasche und sagte nur knapp: „Vorsicht! Keinen Schritt näher!"

Ihr Chef sank verdattert wieder auf die Couch zurück.

„Ja, gegenüber ihren drei kümmerlichen Freunden sind Sie sicher ein richtiger Mann", antwortete Marta, um der Wahrheit die Ehre zu geben und die Situation zu entschärfen, ergänzte aber im gleichen Atemzug trotzig: „Aber für mich sind Sie nicht der richtige. Sie sind wirklich gut gebaut, offenbar blitzgescheit, sonst wäre die Firma wohl nicht erfolgreich, aber Sie sind kalt, herzlos, brutal, gemein – mit einem Wort ein Ekel, eine Bestie."

Ihr Chef war ersichtlich perplex. Das hatte ihm offenbar noch keine Frau zu sagen gewagt. Bevor er noch antworten konnte, setzte Marta eins drauf. „Und ich werde diese Bestie zur Strecke bringen, verlassen Sie sich darauf."

Nach einer kurzen Nachdenkpause breitete sich ein breites Grinsen über das Gesicht ihres Chefs. „Na da bin ich aber gespannt. Wie willst du das tun? Hast du Zeugen, die für dich aussagen können, dass du es nicht freiwillig und gerne tatest? Nein! Hast du andere Beweismittel? Nein. Unser Sperma hast du selbst brav und folgsam weggewaschen. Gibt es körperliche Spuren von Gewaltanwendung. Nein. Gibt es eine Videoaufnahme? Nein!"

Dabei machte ihr Chef mit seinem Arm eine große, kreisende Bewegung durch sein Reich.

„Oder hältst du mich für so vertrottelt, hier eine Videoüberwachung installiert zu haben, wo die Leute im Sicherheitsbüro mir beim Unterschreiben von vertraulichen Dokumenten und heiklen Verträgen über die Schulter schauen oder gar uns beim Sex zuschauen können. Na also?"

„Es gibt den Tonbandmitschnitt", widersprach Marta.

„Ja, den gibt es, allerdings habe ich ihn, nicht du. Und ja, er enthält alles in voller Länge, nicht nur das Vorgeplänkel, von dem du längst weißt, dass es nur eine Schmierenkomödie war. Hier war ich ehrlich. Hier konntest du wirklich lernen, wie es im harten Wirtschaftsleben zugeht. Viel Schall und Rauch. Und ehrlich war ich auch, dass das, worum es mir und meinen Freunden wirklich ging, dir in deiner Karriere gute Dienste leisten kann und wird. Also komm her, zier dich nicht, damit ich dir nach deinen ersten beiden Orgasmen noch ein paar mehr verschaffen kann. Oder wie wäre es zur Abwechslung zum Beispiel mit oralem Sex? Schon einmal probiert?"

„Nein danke", war Martas entschiedene Antwort.

„Ihr seid so trotzig, ihr jungen Dinger", stellte ihr Chef trocken fest. „Deine Vorgängerin wollte auch nicht. Zuerst machte sie uns klar, dass wir uns in ihrer Vagina wohl mit Herpes Genitalis anstecken würden und verdarb uns den Spaß, und als wir ersatzweise oralen Sex – natürlich von ihr an uns vier – vorschlugen, sagte sie nur trotzig: ‚Dem ersten, der mir seinen Schniedel in den Mund steckt, beiß ich ihn ab'. So eine Spielverderberin! Amputiert-Werden wollte natürlich keiner von uns und so mussten wir uns mit 0815-Sex begnügen. Nun ja, passt vielleicht auch besser zur Bezeichnung meines Büros", ergänzte ihr Chef nach einer kleinen Pause und schmunzelte über seinen vermeintlichen Humor. Gleich darauf wurde er wieder ernst: „Also, wie soll es mit uns weitergehen?"

„Ich habe es schon gesagt", sagte Marta mit so kräftiger Stimme, wie sie nur konnte. „Ich werde euch vier Bestien alle zur Strecke bringen."

Nach einer Pause, in der man die Spannung knistern hören konnte, brach ihr Chef in schallendes Gelächter aus und klopfte sich dabei auf die Schenkel. „Na viel Glück. Endlich einmal ein anderes Spiel, das mir sicher viel Spaß bereiten wird."

Offenbar war damit alles gesagt, der Krieg offiziell erklärt. Marta machte auf dem Absatz kehrt und verließ das Büro. Erst jetzt merkte sie, dass ihre Hände zitterten und ihre Knie weich waren. Hatte sie sich zu viel vorgenommen?

Zwei Minuten später nahm sie mit noch immer weichen Knien neben Magdalena Platz.

„Nun, wie war es?", fragte diese voll Neugier.

„Für mich besser als erwartet", antwortete Marta, deren zittrige Stimme bewies, dass dieses ‚besser' aber offenbar nur unter einer ungeheuren Nervenbelastung zustande gekommen war.

„Und was wollte er? Lass dir doch nicht die Würmer einzeln aus der Nase ziehen!"

„Er hat mir ein Angebot gemacht, eines von der Art, von der wir beide kurz davor geredet haben. Eines, dass du wohl angenommen hättest. Ein Wochenendtrip nach Paris."

„Wundervoll", stöhnte Magdalena. „Die Stadt soll ein Traum sein. Wann geht es los?"

„Gar nicht. Ich habe abgelehnt."

„Abgelehnt? Wirklich? Warum bekomme ich kein solches Angebot? Warum?"

Während Magdalena sich ihrem Schmerz über verpasste Lebenschancen hingab, läutete das Telefon. Magdalena hörte zu, sagte zweimal ‚ja' und wandte sich dann an Marta.

„Es war unser Chef. Er wirkte sehr verärgert, ja zornig. Er trug mir auf, dich in die Post- und Verpackungsabteilung im Keller zu schicken. Dort sollst du bist zum Ende deiner Ferialzeit arbeiten. Hier am Empfangspult will er dich nie wieder sehen müssen."

Nach einer kurzen Pause fuhr Magdalena traurig fort: „Schade. Das heißt dann wohl Abschied nehmen. Dabei habe ich mich mit dir wirklich gut verstanden. Aber es hilft nichts. Angeschafft ist angeschafft. Also leb wohl."

Marta dachte Ähnliches. Sie umarmte Magdalena zum Abschied und machte sich pflichtbewusst auf den Weg in die Unterwelt des Hochhauses.

Kap_18 Bericht an Sabine

Wie vereinbart trafen sich Sabine und Marta im Cafe Metropolitan. Heute, ohne die giftgrüne Baseballkappe, konnte Marta einen besseren Eindruck von ihrer neuen Freundin Sabine gewinnen. Sie hatte so wie Marta ein schlankes Gesicht, das allerdings von naturrotem Haar geschmückt wurde, das sie zudem nicht offen schulterlang trug, sondern zu einem altmodischen Zopf geflochten hatte. Aufgrund der vielen Sommersprossen hatte Marta schon beim ersten Treffen diese Haarfarbe vermutet, aber wegen der Kappe damals nicht verifizieren können. Vom Körperbau glich Sabine auch etwa der ihren, sieht man von ihrem deutlich größeren Busen ab. Vielleicht das Ergebnis der Einnahme der Pille oder des schon regelmäßigen Sex, fragte sich Marta. Eines jedenfalls stand fest, nämlich welchen Typ von Frauen die vier Bestien offenbar im Visier hatten. Jung, attraktiv, sportlich und doch feminin. Arme Magdalena, da bist du chancenlos, schloss Marta ihre kurze Begutachtung ab.

„Nun, wie war es?", fiel Sabine mit der Tür ins Haus.

„Anstrengend. Ich habe noch lange danach am ganzen Körper gezittert. Aber es ist passiert. Der Krieg ist erklärt."

„Einfach so? Du bist geradewegs in sein Büro gegangen und hast ihm den Krieg erklärt?"

„Nein. Er hat mich zu sich gerufen in der Hoffnung, mit mir weiter seinen Spaß haben zu können. Du weißt, was ich meine, oder? Er hat mir sogar angeboten, mich über ein Wochenende nach Paris zu entführen."

„Na so ein großzügiger Gentleman. Wann geht es los?", kommentierte Sabine mit unüberhörbarer Ironie in der Stimme.

„Necke mich bitte nicht! Ich bin nicht in der Laune dazu. Genauso wenig wie du in der Laune und bereit warst, die vier Männer oral zu verwöhnen."

„Das hat er dir erzählt?"

„Ja, und noch viel mehr. Warum aber hast du mir das verschwiegen? Wir wollten doch absolut ehrlich zueinander sein."

„Nun", antwortete Sabine, „es war mir einfach peinlich und ich hielt es auch nicht für wichtig. Es ist so. Mein Freund ist wirklich, wie ich dir sagte, sexuell sehr ausdauernd. Zutreffender sollte ich wohl besser sagen: Er ist kein Nimmersatt und Ich-kann-gleich-wieder, sondern vielmehr ein Ich-komm-sehr-schwer. Um nach Stunden erfolgloser sexueller Bemühungen seinerseits um Entspannung endlich schlafen zu können, habe ich mir angewöhnt, das nötigenfalls oral zu erledigen. Kurz: Ich weiß wie es geht und kann es perfekt – meint wenigstens mein Freund. Aber warum sollte ich das die vier Bestien wissen oder es ihnen gar angedeihen lassen? Du siehst, das hat absolut nichts mit unserem wirklichen Problem zu tun, nämlich mit unser beider Vergewaltigung.

„Du hast recht", entschuldigte sich Marta. „Dann muss auch ich dir manches mitteilen, was du noch nicht weißt. Habe ich dir schon erzählt, dass der Chef die ganze Angelegenheit auf Tonband aufgezeichnet hat?"

„Nein."

„Allerdings haben wir darauf keinen Zugriff, außer wir brechen in sein Büro ein und knacken den dort in der Anrichte versteckten Safe."

„Das können wir uns wohl abschminken", gab Sabine ihr recht.

„Aber, und das weiß mein Chef bisher nicht, auch ich habe parallel dazu mit meinem Handy die ganze Angelegenheit von A bis Z aufgezeichnet."

„Als Video- oder als Audiofile?"

„Natürlich nur als Audiofile. Sonst hätte ich mein Handy ja für alle sichtbar passend platzieren müssen. Nein. Es blieb versteckt in meiner Handtasche. Trotz dieser ungünstigen Platzierung hat sich die Aufzeichnung nach meiner stundenlangen Nachbearbeitung als wunderbar klar und gut verständlich herausgestellt. Zudem: Weder der Akku noch meine Speicherkarte hätten es geschafft, fast drei Stunden als Video aufzuzeichnen. Du als Schülerin einer technischen Höheren Schule weißt das sicher viel besser als ich. Übrigens – in welchem Zweig bist du tätig?"

„Ich bin in Informatik, insbesondere Netzwerktechnik und Serverinstallation unterwegs."

„Und da machst du bei einem Wirtschaftsberatungsunternehmen wie R&M-Consultationen Inc. deine Ferialpraxis?"

„Warum denn nicht? Die haben ein exzellentes EDV-System."

„Davon konnte ich mich auch schon überzeugen", bestätigte Marta. „Denn sonst wäre ich nie an deine Daten gekommen und wir säßen nicht hier."

„Genau", gab Sabine neuerlich Marta recht. „Ich konnte mich immerhin drei Tage lang hautnah von der hohen Qualität des Systems überzeugen, bevor mich der Chef zu diesen anderen Dienstleistungen heranziehen wollte und es beim Meeting gemeinsam mit seinen Kumpanen ja auch gewaltsam tat. Danach habe ich, wie du schon weißt, die Firma nicht mehr betreten."

„Gar nicht mehr? Was tatest du mit deiner Zutrittskarte? Hast du sie der Firma mit der Post zurückgeschickt?"

„Nein. Die habe ich noch als ewige Erinnerung, ebenso wie den USB-Stick, mit dem man sich als Administrator im System anmelden kann, ja muss, um im Netz herumfuhrwerken zu können. Den brauchte ich damals für meine Arbeit."

„Das trifft sich ja hervorragend mit meinem Kriegsplan", jubelte Marta.

„Und der sieht wie aus?"

„Ich will dem Chef, der heute großkotzig meinte, dass ich über keine Beweise verfüge, das Audiofile zukommen lassen."

„Dafür brauchst du das Netzwerk nicht. Leg ihm eine Audio-CD in sein Büro oder schick sie ihm mit der Post oder die Datei via E-Mail."

„Das alles geht nicht so einfach. In sein Büro komme ich nicht und gehe ich auch nicht freiwillig. Die gesamte Post landet zunächst gesammelt in der Postabteilung, wie ich seit heute weiß, weil ich nun dort arbeite. Diese wird aus Sicherheitsgründen penibel durchsucht und angeschaut. Bevor also die CD beim Chef landet, haben sie möglicherweise schon einige seiner Sicherheitsleute angehört."

„Und das willst du nicht?"

„Nein. Ich will zunächst ihn unter Druck setzen, eben mit der Drohung, den Mitschnitt öffentlich zu machen."

„Du willst ihn erpressen?"

„Nenne es, wie du willst. Er und seine Kumpane haben meine Jungfernschaft, die mein Vater mir immer als wertvolles Kapital dargestellt hat, zerstört. Dafür verlange ich eine Entschädigung. Ist das wirklich ein Verbrechen?"

„Ich weiß nicht", antwortete Sabine. „Ich bin eine angehende Technikerin, keine angehende Juristin."

„Bleibt also der Weg mittels E-Mail. Auch problematisch. Erstens kenne ich nicht die private E-Mailadresse meines Chefs. Zweitens gibt es hinsichtlich Format und Dateigröße Beschränkungen, wie mir meine Kollegin Magdalena gestern erklärte. Wer weiß, ob die Filter überhaupt eine Sounddatei durchlassen. Immerhin gehören solche Dateien wohl nicht zum Geschäftsfeld der Firma, oder?"

„Da kann ich dir vielleicht helfen", meinte Sabine, „allerdings nur, wenn meine Zugangserlaubnis als Administrator vom Superadministrator inzwischen noch nicht gelöscht wurde. Vielleicht haben wir Glück und er hat meinen Account für die gesamte vereinbarte Ferialzeit freigeschaltet – mit automatischer Löschung erst zu deren Ende. So macht man das in der Praxis häufig. Heute ist Freitag. Mein Ferialjob hätte am kommenden Freitag geendet. Also haben wir eine gute Chance, dass mein Account noch aktiv ist. Ich werde das gleich heute Abend überprüfen."

„Wunderbar", gab sich Marta einem angesichts dessen, was sie beim Meeting erleben musste, ungeahnten Glücksgefühl hin. „Wir werden diesen Bestien gemeinsam das Handwerk legen. Du wirst sehen."

„Übrigens habe ich noch ein Atout im Ärmel", ergänzte sie unerwartet fröhlich. „Es gibt nicht nur den Audiomitschnitt vom Meeting, sondern auch einen von der heutigen Besprechung beim Chef."

„Diesen Mitschnitt konnte ich aber noch nicht nachbearbeiten, weil ich nach der Arbeit gleich hierher zu dir eilen musste. Ich weiß also nicht, ob alles deutlich hörbar und klar verständlich ist, was er sagte. Wenn du willst, hören wir ihn uns gleich jetzt gemeinsam an."

Sabine wollte. Und so saßen die beiden Leidensgenossinnen, teilten sich, jede einen Lautsprecher-Stöpsel im Ohr, das Headset des Handys und lauschten der Aufzeichnung.

„Das geht, das kriegen wir hin", sagte Sabine schließlich. „Dein Chef wird schauen, wie dumm er war, dieses Geständnis abgelegt zu haben."

Marta nickte zufrieden und malte sich schon in grellsten Farben aus, welche Albträume sie ihrem Chef mit dem Mitschnitt nun bereiten würde.

„Ein Problem habe ich allerdings damit", sagte Sabine schließlich nachdenklich. „Das Geständnis belegt zwar die Kopulationen, aber nirgends ist definitiv von roher Gewaltanwendung die Rede, höchstens von ‚sanfter Gewalt', von ‚muss man euch Gören wirklich mühsam zu eurem Glück überreden' oder Ähnlichem. Ich weiß nicht, ob das als Geständnis einer Vergewaltigung reicht."

„Egal – ich werde die Aufzeichnung so wie die vom Meeting nachbearbeiten", kündigte Marta an.

„Du, liebe Sabine, schaust, ob du noch deinen Account mit Administratoren-Rechten hast. Ich rufe dich morgen am Vormittag an und wir besprechen, wie es weitergehen kann und soll."

„Gut", antwortete diese und verabschiedete sich von ihrer neuen Freundin wieder mit einem herzlichen Bussi-Bussi.

Kap_19 Ein Traum

Marta hatte den Abend genützt, um den zweiten Audiomitschnitt nachzubearbeiten. Da dieser viel kürzer als der erste war, schaffte sie das noch vor Mitternacht, und zwar zu ihrer vollen Zufriedenheit. Mit dem daraus resultierenden Glücksgefühl ging sie zu Bett und ließ die Dinge vor ihrem geistigen Auge nochmals Revue passieren. Dabei döste sie ungewollt ein.

Plötzlich fand sie sich wieder beim Eingang in das inzwischen vom Urwald fast gänzlich überwucherte Büro 0815. Da waren wieder die vier Affen. Diesmal versuchten sie sich allerdings zwischen der zu einer monströsen Felsformation verkommenen Sitzgarnitur ängstlich zu verstecken. Aus der Ferne hörte man näher kommende Rufe und gelegentlich Schüsse. Offenbar eine größere Gruppe von Menschen auf der Jagd. Panik breitete sich unter den Affen aus. Der Clanchef versuchte sich in der zu einer Höhle mutierten Anrichte zu verstecken, was ihm angesichts seiner gewaltigen Körpergröße aber nicht gelang. Verzweifelt kletterte er wieder heraus und versuchte sich in einem der Nebenräume zu verstecken. Aber so sehr er auch rüttelte. Die Türen dorthin waren versperrt.

Schließlich sahen er und die anderen drei Affen nur mehr die Möglichkeit der Flucht durch die Eingangstür, in der aber Sabine stand und furchtlos mit einem Pfefferspray in der Hand ihnen das Entkommen verwehrte. Verängstigt kauerten sich die vier Affen letztendlich unter dem Fußteil des riesigen, zu einer Felsbrücke gewandelten Schreibtisches am ganzen Körper zitternd zusammen – sich umso enger umklammernd, je näher die Rufe der Jäger kamen.

Ich muss kurz eingenickt und geträumt haben, sagte sich Marta und rieb sich die Augen. Aber diesmal war es kein Albtraum, sondern ein wunderschöner, beglückender Traum. Gleich danach schlief sie wirklich ein, diesmal tief und fest und traumlos.

Kap_20 Nägel mit Köpfen

Zeitig am nächsten Morgen, gleich nach einem diesmal allein eingenommenen Frühstück, rief Marta voller Ungeduld bei Sabine an. Diese hob tatsächlich ab.

„Wie sieht es aus?", fragte Marta gespannt.

„Sehr gut", war die ersichtlich zufriedene Antwort. „Mein Account ist noch nicht gelöscht. Ich kam ins System hinein, auch wenn es schwierig war."

„Warum?", fragte Marta.

„Ich will versuchen es dir mit einfachen Worten zu erklären, weil du dich naturgemäß wohl in der Informatik nicht so gut auskennen dürftest wie ich. Innerhalb der Firma musste ich im Serverraum nur den USB-Stick anstecken. Die darauf gespeicherte Zutrittsberechtigung zum System, genauer in meinen Account, wurde automatisch geladen und ich konnte mit meiner Arbeit loslegen. Soweit klar?"

Als Marta für Sabine unsichtbar nickte und nichts sagte, fuhr Sabine fort:

„Das geht nun nicht mehr. Ich sitze nicht dort, kann den Stick also nicht anstecken, muss also irgendwie von außen zugreifen. Da kommt mir zugute, dass ich damals etwas eigentlich Verbotenes gemacht habe. Ich habe meinen Account für einen Remotezugriff freigeschaltet. Als Administrator hatte ich, anders als gewöhnliche Benutzer des Systems, die Rechte dafür. Damals stand die Idee dahinter, gegebenenfalls nicht vom 7ten und 8ten Stockwerk, wo die Firma R&M-Consultationen Inc. sich im Bürohochhaus eingemietet hat, in den Keller zum Rechenzentrum laufen zu müssen, sondern vom Nutzergerät, also vom Client, her administrierend in das Netz eingreifen zu können. Noch immer klar?"

Als Marta wiederum stumm blieb, fuhr Sabine mit ihren Erklärungen fort:

„Mit dem Anmelde-USB-Stick war das von dort aus definitiv nicht möglich, weil die Clients gar keine USB-Schnittstellen besaßen. Na ja, am Mainboard schon. Aber diese Anschlüsse waren nicht nach außen geführt. Der Superadministrator hatte dies aus Sicherheitsgründen so verfügt. Übrigens sehr vernünftig."

„Und wie hast du es dann doch geschafft, wenn du, wie eben erklärt, an den Clients oben in den Büros deinen USB-Stick nicht anstecken konntest?", fragte Marta nun doch verwirrt.

„Brav mitgedacht", lobte Sabine. „Dazu habe ich den Inhalt meines Anmeldesticks bei mir zu Hause ausgelesen, besser gesagt einen virtuellen Klon davon auf meinem Rechner gespeichert. Vom Nutzerrechner ohne USB-Steckplatz im Bürohaus habe ich via Internet mich in meinen ebenfalls für Remotezugriff freigeschalteten privaten Rechner bei mir daheim eingeloggt und den virtuellen Klon von dort aus übertragen und gestartet. Ich habe sozusagen das Rechenzentrum, natürlich nur in abgespeckter Form, also ohne all die Server, NAS-Geräte, Großformatdrucker und Scanner im Keller des Bürohauses, virtuell zu mir nach Hause verlegt. Alles kapiert?"

„So einigermaßen. Das heißt also, dass du von zu Hause aus, jedenfalls bis zum Ende der kommenden Woche, dich in das System als Administrator hineinhängen kannst?"

„Ja. Ich kann alle Daten – na ja bis auf die, auf die nur der Superadministrator Zugriff hat – auslesen, verändern, löschen usw. Toll, nicht?"

„Ja. Toll, wie du den Superadministrator ausgetrickst hast", lobte Marta ihre neue Freundin Sabine.

„Vorsicht. Ganz so ist es nicht. Denn alles, was ich tue, wird überwacht und protokolliert. Dieser Bereich des Netzes unterliegt, abgesehen von Leserechten für die gewöhnlichen Administratoren, der alleinigen Kontrolle des Superadministrators. Dieser kann also durchaus merken, dass es illegale Zugriffe von außen ins Netz gab. Aber erst nachträglich. Er kann auch nachprüfen, von welcher und auf welche IP-Adresse zugegriffen wurde und diese von einem weiteren Zugriff ausschließen. Dafür gibt es black-lists. Aber was er nicht kann, ist den Internetzugriff generell sperren. Das wäre für eine Firma wie R&M-Consultationen Inc. der wirtschaftliche Todesstoß."

„Das heißt", versuchte Marta mitzudenken, „dass wir jedenfalls wenigstens einmal unserem Chef eine nette Überraschung bereiten können?"

„Ja, mindestens einmal", bestätigte Sabine. „Aber wahrscheinlich sogar öfters. Dann kommt das bekannte Katz-und-Maus-Spiel mit gefälschten oder gekaperten IP-Adressen, wie das Hacker machen. In meiner Klasse habe ich einen, den ich notfalls um Rat fragen könnte. Ich gebe mich hoffnungsvoll, dass mich der Superadministrator nicht so leicht abschütteln kann, außer er merkt, was natürlich via der Logfiles möglich ist, dass alles über meinen Account läuft und deaktiviert diesen. Dann ist es aus und vorbei. Aber ich hoffe, dass wir in der kommenden Woche noch einiges schaffen. Und sollte er darauf vergessen haben, meinen Account mit einem auf das nächste Wochenende festgelegten automatischen Ende zu versehen, so kann das Spiel noch viel länger gehen. Aber wie gesagt: Diese Einstellungen sehe ich nicht, das sieht und weiß nur der Superadministrator."

„Und wie sieht es bei dir aus?", fragte Sabine schließlich nach ihrer langen Erklärung.

„Auch sehr gut", antwortete Marta. „Ich habe noch gestern Abend die neue Sounddatei nachbearbeitet. Alles klar und deutlich zu verstehen. Mein Chef wird sich wundern."

„Schön, dann schicke mir die beiden Sounddateien, und zwar bitte die originalen wie auch die nachbearbeiteten. Man kann nie wissen. Ein Festplattencrash bei dir – und das war es dann auch schon.Meine E-Mailadresse hast du ja, oder?"

„Natürlich. Aus derselben Quelle wie deinen Namen und deine Telefonnummer", antwortete Marta. „Aber eine Frage habe ich schon noch: Was meinst du – sollen wir ihm wirklich gleich alle Dateien schicken?"

„Nein – würde ich nicht. Vorläufig nur die erste Datei", antwortete Sabine, „und zwar die bearbeitete. Er soll wissen, dass man alles laut und deutlich hören kann. Und ja: Soll ich die Aufzeichnung auch den drei anderen netten Herren schicken?"

„Würde ich nicht", entgegnete Marta. „Du hast doch gesagt, dass du alle Dateien der Clients einsehen kannst, also auch die E-Mails, oder?"

„Ja, sofern ihr Inhalt nicht verschlüsselt ist."

„Das hoffe ich denn doch nicht", legte Marta nun ihren gesamten Schlachtplan vor. „Ich denke, dass unser Chef von sich aus mit seinen drei Kumpanen Kontakt aufnehmen wird, ihnen vielleicht sogar unsere E-Mail weiterleiten wird, um dann mit ihnen zu besprechen, was sie nun tun sollen gegen diese undankbare Göre namens Marta. Du, liebe Sabine, bleibst bitte – jedenfalls vorläufig – in Deckung. Geht das, oder wird deine E-Mailadresse sichtbar?"

„Nein, ich mache das ganz anders. Ich schicke ihm die Datei von seinem eigenen E-Mailkonto per BCC an sich selbst. Natürlich weiß er aufgrund des Inhalts, dass du irgendwie dahinter steckst, aber sicher nicht, auf welche Art du es geschafft hast, dir seine E-Mailadresse zu beschaffen und dort zuzugreifen. Und dass er sich damit an den Superadministrator wenden wird, der ihm die Sache natürlich aufklären könnte, wage ich doch zu bezweifeln. Nein, der wird noch heute Abend, so er in seine Mailbox schaut oder per Push-Mail die freudige Botschaft auf sein Handy bekommt, große Augen machen. Ich würde zu gern dabei zusehen."

„Kannst du das nicht?", fragte Marta neugierig gemacht. „Ich lese immer wieder, dass man unbemerkt die eingebaute Selfiekamera samt Mikrofon des Notebooks einschalten und so alles heimlich aufzeichnen und per Internet übertragen kann."

„Ja, das wäre wirklich schön. Mein Kollege, der Hacker, könnte das wahrscheinlich. Aber ich nicht. Leider nein", war Sabines gleichermaßen bescheidende wie resignierende Antwort.

„Macht nichts. Stellen wir uns die Sache einfach vor. Vorfreude ist auch eine Freude, angeblich sogar die schönste!", stellte Marta fest. „Noch eine letzte Frage. Schicken wir ihm die Datei kommentarlos oder mit einem netten ‚Liebesbrief'?"

„Ich denke, zunächst kommentarlos. Irgendwie wird und muss er ja darauf reagieren. Er hat jetzt das ganze Wochenende Zeit darüber nachzudenken. Recht geschieht ihm! Also: Schick mir bitte die Sounddateien. Den Rest erledige ich. Wenn es etwas Neues gibt, telefonieren wir miteinander. Ich habe ja nun auch deine Telefonnummer. So, und jetzt ist Schluss. Meine Eltern haben mich schon dreimal zum Frühstück gerufen. Also Tschüss."

Kap_21 Nochmals beim Chef

Als Marta nach dem Wochenende, an dem sich Sabine nicht mehr gemeldet hat, am Montag pünktlich um 8 Uhr in der Postabteilung ihren Dienst antrat, wurde sie dort bereits von Chef der Abteilung erwartet und in sein Büro gebeten.

„Ich kenne mich nicht mehr aus", sagte er ganz unverblümt. „Erst werden Sie – für eine Ferialpraktikantin ganz unüblich, also wohl strafweise – auf direkte Anordnung des Chefs in diese Abteilung versetzt, wo Sie wirklich nichts Nützliches für Ihre spätere berufliche Praxis lernen können, und dann sollen Sie sich heute pünktlich um 9 Uhr bei ihm in seinem Büro melden. Können Sie mir das erklären?"

„Nein, das wäre eine zu lange Geschichte", antwortete Marta.

Der Abteilungsleiter ließ nicht locker. „Wissen Sie, es kursieren allerhand Gerüchte hier im Haus über den Chef und sein Verhältnis zu jungen, hübschen Mitarbeiterinnen wie Sie. Bitte verstehen Sie meine neugierige Fragerei und das verwendete Wort ‚Verhältnis' nicht falsch. Es ginge mich im Grunde gar nichts an."

Warum bohrt er dann, fragte sich Marta? Will er vielleicht seinen Chef nacheifern und meint, ich sei so eine junge, willige Mitarbeiterin, die er nach dem Chef auch noch pflücken könnte?

„Genau, es geht Sie nichts an", antwortete Marta kühl. „Daher gehe ich jetzt an die Arbeit und um 9 Uhr zu unserem Chef."

Damit verließ Marta das Büro des Poststellenleiters, das aber mehr ein Verschlag als ein schönes Büro war. Ihr neuer Vorgesetzter sollte sich einmal das mit der Nummer 0815 ansehen.

Um knapp vor 9 Uhr machte sie sich auf den Weg dorthin, vorbei an Magdalena, der sie freundlich zuwinkte und zweideutig zurief: „Der Chef hat Sehnsucht nach mir. Er will mich schon wieder sprechen." Magdalena machte nur große Augen und wiegte den Kopf ungläubig hin und her.

Mit dem gleichen ungläubigen Kopfwiegen begrüßte sie ihr Chef in seinem Büro. Marta war wieder unmittelbar hinter der Eingangstür stehen geblieben und umklammerte krampfhaft den Pfefferspray in ihrer Handtasche. Man konnte ja nicht wissen.

„Du willst also wirklich Krieg?", begann ihr Chef grußlos die Aussprache, ohne aber den Versuch zu machen, sich ihr zu nähern. „Ich weiß zwar nicht, wie du es geschafft hast, unbemerkt die Sache aufzuzeichnen, noch mehr, mir die Datei auf meine höchst private und geheime E-Mailadresse zu schicken. Aber es ist unbestreitbar geschehen. Wie also soll es weitergehen. Was genau willst du von mir. Ungeschehen machen können wir die Sache ja wohl nicht mehr, oder?"

„Vielleicht doch. In den arabischen Ländern soll es auf solche Wiederherstellungsoperationen spezialisierte Ärzte geben."

„Das also willst du? Na gut, das wird zwar nicht billig sein, aber darüber kann man reden", antwortete ihr Chef offensichtlich irgendwie erleichtert.

„Ja, einmal als ersten Schritt. Mir hat mein Vater immer eingebläut: ‚Mädel, deine Jungfrauenschaft ist ein Kapital, das man nicht mir-nichts-dir-nichts verschleudert.' Dieses Kapital haben Sie und Ihre Kumpane bis auf null abgehoben, es nachhaltig zerstört."

„Ich war das nicht", versuchte ihr Chef zu feilschen. „Deine Jungfrauenschaft hat C zerstört, nicht ich."

„Das ist ein sehr formaler Einwand", wischte Marta seine Worte weg. „Sie haben doch all das angestiftet und eingefädelt, oder nicht?"

Ihr Chef grinste nur diabolisch.

„Aber bitte. Dann veranlassen Sie diesen Ihren Freund, das Kapital wieder einzulegen. Dann wird es eben für ihn nicht billig. Übrigens ist es ein Schnäppchen gegenüber dem, was ich letztens in der Zeitung las. Da hat doch ein junges Mädchen im Internet ihre Jungfrauschaft zur Ersteigerung angeboten, und zwar mit dem Rufpreis 1 000 000, in Worten: Eine Million!

„Und dann sind wir quitt?", gab sich ihr Chef hoffnungsfroh.

„Nicht so schnell. Da wäre noch die Entschädigung für erlittene körperliche und seelische Schmerzen."

„Du hattest Schmerzen? Bei mir jedenfalls nicht. Da hattest du Lust, pure Lust. Da hattest du einen Orgasmus, nein zwei. Da solltest du mir etwas zahlen, nicht ich dir!", entgegnete ihr Chef, dem das offenbar wirklich ernst war.

Marta konnte es nicht fassen. Wie tickt diese Bestie. Erst vergewaltigt er mich, und dann will er noch ein Erfolgshonorar? So kann er mir nicht kommen!

„Ich gebe zu, ich hatte die Orgasmen. Aber Schmerzen hatte ich dennoch. Körperliche, weil ich von der Defloration wund war. Und natürlich seelische. Aber das kann ein so kaltschnäuziges Ekel wie Sie wohl nicht begreifen!"

Ihr Chef grinste nur.

„Bei Gericht würde man wohl von Diversion sprechen, wenn der Täter sich mit einer Zahlung an das Opfer von der strafrechtlichen Verfolgung frei kauft, was aber dort nur bei leichten bis mittelschweren Delikten zulässig ist, wozu eine Vergewaltigung definitiv nicht zählt. Ich bin aber großzügig und frage dennoch: Was bieten Sie mir?"

Ihr Chef war ersichtlich unsicher, was er tun sollte. Schließlich nannte er eine Zahl: 1000,--.

Marta lachte schallend.

„2000,--."

Marta lachte noch lauter.

„5000,--."

Marta lachte und hielt sich dabei demonstrativ den Bauch.

„10 000,--. Mein letztes Angebot. Du hast nämlich nur recht schwache Beweise. Ja, zugegeben, den Tonmitschnitt. Ich habe ihn mir am Wochenende mehrmals genauestens angehört. Von Schmerzensschreien unter Gewalteinwirkung ist abgesehen vom Entjungferungsschrei nichts zu hören. Und den stoßen viele Frauen dabei aus, also kein Beweis für Gewaltanwendung. Und dein ‚Nein' ist zwar hörbar. Aber das sagen viele Frauen, die willig sind, nur um den Reiz zu erhöhen oder um weiterhin als keuscher Engel statt als geile Braut oder sogar Nutte dazustehen. Unser blödes Gerede: Irrelevant: Nur Folgen unseres Schwips. Amtsärztliche Befunde über blaue Flecken oder Wunden kannst du auch nicht vorweisen, weil wir dich zwar festhielten, aber nicht schlugen oder sonst wie verletzten. Wir wollten einfach nur unseren Spaß haben, ohne dir ernstlich zu schaden."

Den Satz ‚Nur Spaß haben ohne dir ernstlich zu schaden' ließ sich Marta nachdenklich auf der Zunge zergehen. Er ist verrückt, er und seine Kumpane ticken gehörig anders als normale Menschen.

„Glaub mir. Mein Rechtsanwalt macht aus deiner Anzeige und Anklage vor Gericht Kleinholz!"

„Wirklich? Wie viel müssten Sie als wohlhabender Mann wohl Ihrem Rechtsanwalt zahlen? 500,-- oder sogar 1000,-- die Stunde? Und auch dann haben Sie nur die CHANCE, ungeschoren davonzukommen, nicht aber die GEWISSHEIT."

„Gut. Also 20 000,--. Aber jetzt ist wirklich Schluss. Um das Geld hätte ich mir 20 Mal hintereinander eine Nobelnutte leisten können."

„Warum haben Sie nicht?", hakte Marta ein. „Oder ist es so viel aufregender, ein junges, unschuldiges Mädchen zu viert zu vergewaltigen?"

„Das verstehst du nicht. Du bist kein Mann", antwortete ihr Chef trocken.

„Ja, Gott sei Dank! Jedenfalls keiner von Ihrer widerlichen, bestialischen Art."

„Also, was ist jetzt?", fragte ihr Chef nochmals. „Ist der Deal perfekt?"

„Vielleicht. Allerdings sind nicht nur Sie über mich hergefallen, sondern auch Ihre drei Geschäftsfreunde. Von denen will ich die gleiche Summe, und zwar von jedem einzelnen!"

„Kind, du bist wahnsinnig", stöhnte ihr Chef auf. „80 000 für knapp zwei Stunden Sexvergnügen mit vier Männern im besten Alter. Das kann nicht dein Ernst sein."

„Stimmt, denn ich will auf 100 000 aufrunden. Wie Sie sich das mit Ihren Freunden teilen, ist mir allerdings einerlei."

Ihr Chef saß mit versteinertem Gesicht da und stöhnte unüberhörbar.

„Ein Vorschlag meinerseits", fuhr Marta fort: „B hat mich eindeutig am längsten benutzt, sollte also wohl am meisten zahlen. Oder vielleicht doch besser C, der mich entjungferte? Oder D wegen seiner perversen Spiele? Oder doch Sie als Rädelsführer?"

Marta genoss es, den Keim für Streit in die verschworene Männerrunde hineintragen zu können.

Ihr Chef saß weiterhin mit steinerner Miene da. Hinter seiner Stirn arbeitete es. Schließlich gab er sich einen Ruck. „Ich werde die Sache mit meinen Freunden besprechen. Bitte komm ..."

Hatte er wirklich ‚Bitte' gesagt, fragte sich Marta ungläubig?

„... morgen um die gleiche Zeit hierher. Dann gebe ich dir Bescheid."

Marta machte auf dem Absatz kehrt. Es gab nichts mehr zu sagen.

Kap_22 Bericht an und von Sabine

In der Mittagspause rief Marta Sabine an. „Sabinchen, es hat geklappt. Mein Chef hat deine E-Mail bekommen", jubelte sie. „Er ließ mich heute zu sich rufen und wir feilschten eine gute Viertelstunde über eine Entschädigung für das, was mir angetan wurde."

„Das ist ja wunderbar", freute sich Sabine mit. „Und, was hat er geboten?"

„Geboten hat er wenig, während ich viel verlangt habe."

„Lass schon hören", gab sich Sabine unüberhörbar neugierig. „Wie viel?"

„100 000,--."

Lange Stille in der Leitung. Marta wollte schon auflegen, als sie endlich Sabines diesmal ungewohnt heisere Stimme hörte. „Habe ich wirklich ‚Hunderttausend' gehört?"

„Du hast dich nicht verhört. Allerdings als Gesamtentschädigung, nicht einzeln für ihn und jeden der drei anderen."

„Allerhand. Und er hat dich nicht gleich hinausgeschmissen?"

„Nein. Er hat zwar lange herumgefeilscht. Aber zuletzt hat er versprochen, meine Forderung mit seinen Kumpanen zu besprechen und mir morgen um 9 Uhr Bescheid zu geben. Und deswegen habe ich eine dringende Bitte an dich, nämlich seinen E-Mailverkehr zu überwachen. Natürlich kann es sein, dass er seine Spießgesellen anruft. Aber vielleicht – hoffentlich – sendet er ihnen E-Mails, vielleicht sogar samt dem Tonmitschnitt als Beweis, dass die Sache für sie vier gar nicht so gut steht wie bisher gedacht. Und da wollen wir doch wohl beide wissen, was er da schreibt, oder?"

„Natürlich. Wird gemacht."

„So, das musste ich loswerden. Und jetzt nütze ich den Rest meiner Mittagspause, um mich zu stärken. Nach der heutigen Aussprache habe ich eine Stärkung dringend nötig. Also Tschüss. Am Abend oder spätestens morgen Früh telefonieren wir wieder miteinander. Ok?

„Ok und Tschüss."

Spät abends klingelte Martas Handy. Es war Sabine, die berichten wollte:

„Heute Nachmittag hat unser Chef an seine Kumpane geschrieben und tatsächlich den Tonmitschnitt mitgeschickt – unseren, nicht seinen auf dem alten Tonbandgerät. Aber vielleicht war auch das nur ein Teil der Schmierenkomödie und das Gerät funktioniert gar nicht mehr richtig oder das Band wurde längst gelöscht. Ist auch egal!"

„Interessanterweise verwendete er dabei nicht die E-Mailadresse, an die ich letztens den Tonmitschnitt geschickt habe, sondern eine andere. Vielleicht glaubte er, dich damit austricksen zu können So einfach geht das nicht! Am Server sind nämlich alle E-Mailadressen gespeichert, über die kommuniziert werden darf. Das ist Teil des Sicherheitskonzepts. Vielleicht ist es aber einfach nur die E-Mailadresse, über die er üblicherweise mit seinen Kumpanen E-Mails austauscht. Egal. Ich habe seine E-Mail gesehen und gelesen, ebenso die Antworten seiner Spießgesellen, weil sie alle – Gott sei Dank – nicht verschlüsselt waren."

„Und was stand drinnen?", wollte Marta wissen.

„Das erfährst du doch eh morgen von ihm", neckte Sabine sie.

„Du Scheusal!", zischte Marta. „Spuck es schon aus!"

„Ich sag nur so viel. Er hat ein Verhandlungs-Pouvoir und wird mit dir zu feilschen versuchen. Bleib hart. Sie werden zuletzt zähneknirschend klein beigeben! Du wirst demnächst um 100 000,-- reicher sein."

Marta konnte ihr Glück im Unglück nicht fassen.

Kap_23 Neuerliches Feilschen

Am nächsten Tag pünktlich um 9 Uhr betrat Marta wieder das Büro 0815. Ihr Chef saß wieder auf der Sitzbank, diesmal allerdings nicht allein. Die ihr vom Meeting bekannten drei Herren saßen neben ihm.

Marta blieb wie angewurzelt hinter der Eingangstür stehen. Hat er mich nur hergelockt, um das mit seinen Kumpanen zu vollenden, was er nach dem Meeting verabsäumt hatte, nämlich sie gnadenlos spurlos zu beseitigen. Ja, heute hatte sie ihren Pfefferspray mit und hielt ihn auch wie am Vortag krampfhaft in der Hand. Aber sie wusste, dass dieser ihr gegen vier erwachsene Männer nicht wirklich helfen würde.

„So war das nicht ausgemacht", sagte sie schließlich. „Noch einmal passiert mir das nicht! Entweder die drei Herren verlassen den Raum – oder ich!"

„Wir wollen dir nichts Böses", entgegnete ihr Chef mit der Stimme des bösen Wolfs, der Kreide gefressen hat. „Wie sollen wir zu einem Deal kommen, wenn meine Freunde nicht mitverhandeln dürfen?"

„Dürfen sie. Allerdings sollen sie in einem anderen Büro warten. Sie als Chefverhandler können jederzeit zwischendurch weggehen, um sich mit ihnen zu beraten. Hier bleiben die drei jedenfalls nicht. Hier herrscht das Verhältnis 1:1 und nicht 4:1. Basta!"

„Und du wurdest mir nach zwei Tagen Ferialpraxis von meinen Mitarbeitern als braves, arbeitsames, folgsames, williges Mädchen beschrieben, weswegen wir dich auch auserkoren haben mit uns ein wenig Spaß zu haben. Ersichtlich hatten wir uns alle getäuscht, jedenfalls was deine Willigkeit und Folgsamkeit in bestimmter Hinsicht betrifft. Schön, ich habe dazugelernt und werde nie mehr ‚Braves Mädchen' zu dir sagen."

„Das will ich doch hoffen", antwortete Marta schnippisch. „Also – gehen die Herren oder soll ich gehen?"

Ihr Chef flüsterte mit seinen Freunden, worauf sich diese erhoben und auf sie zukamen. Flugs war Marta wieder draußen am sicheren, weil videoüberwachten Gang. Doch diesmal wollten die drei ihr offenbar wirklich nicht ans Leder. Mit großem Respektabstand gingen sie an ihr vorbei und verschwanden in einem Büro zwei Türen weiter.

Marta betrat daraufhin wieder das Büro und verriegelte hinter sich die Eingangstüre. Sie hatte gelernt: Ihr vielleicht nach einiger Zeit überfallsartig in den Rücken fallen, das konnten die drei netten Herren sicher nicht mehr.

„Du hast wirklich viel bei uns gelernt", sagte ihr Chef mit deutlicher Häme. „Aber ja, man kann nie genug vorsichtig sein."

„Kommen wir zur Sache", überging Marta seinen Kommentar. „Ist meine Forderung akzeptiert oder nicht?"

„Bevor ich mit dir weiter rede", sagte ihr Chef, „möchte ich, dass du dein Handy in ausgeschaltetem Zustand hier auf den Tisch legst. Unsere Unterredung braucht nicht auch diesmal mitgeschnitten zu werden."

„Kommt gar nicht infrage", antwortete Marta. „Jedenfalls nicht dort am Tisch, wo Sie mit zwei Schritten mein wichtigstes und einziges Beweisstück an sich bringen könnten. Wenn es unbedingt sein muss – und dafür habe ich ein gewisses Verständnis – schalte ich es aus und lege es hier vor meine Füße."

„Ich bitte darum", war die Antwort ihres Chefs.

„Aber sicher können Sie sich auch dann nicht sein", setzte Marta ironisch fort . „Vielleicht habe ich mich verkabelt und trage ein winziges Mikrofon am Körper. Muss ich mich nackt ausziehen, damit sie sich ganz sicher sein können, dass ich sauber bin?"

„Nein danke. Ich weiß wie du nackt aussiehst. Oder willst du mich wieder in Stimmung bringen", konterte ihr Chef nicht weniger ironisch.

Na das kann ja ein nettes Wortscharmützel werden, dachte sich Marta. „Also nochmals: Ist meine Forderung akzeptiert, oder nicht?"

„Nun ja, prinzipiell sind wir zu einer Diversionsleistung bereit. Allerdings keinesfalls in dieser Höhe. Bei vernünftiger Abwägung der Risiken, die es zweifellos bei jedem Gerichtsverfahren gibt, musst du wohl zugestehen, dass du außer dem Tonmitschnitt nichts, rein gar nichts in der Hand hast. Ein guter Rechtsanwalt – so wie meiner – findet sicher einen Sachverständigen, der die Möglichkeit von

Manipulation des Tonträgers vielleicht zwar nicht beweisen, aber doch als möglich oder sogar als wahrscheinlich darstellen können wird."

„Dass es solche käuflichen Sachverständige gibt, bezweifle ich nicht", antwortete Marta kühl. „Aber als gevifter Geschäftsmann haben Sie die Sounddatei wohl inzwischen bereits prüfen lassen und die Antwort erhalten, dass da nicht viel zu machen ist. Sonst säßen Sie gar nicht hier und verhandelten mit mir."

„Schön, lassen wir diesen Aspekt einmal beiseite. Mein Rechtsanwalt hat für mich eruiert, in welcher Höhe Diversionszahlungen üblich sind. Nach seiner Auskunft liegen die in viel schwerer wiegenden Fällen von ‚Verkehrsunfällen'" – Martas Chef begann über seinen vermeintlichen Wortwitz herzlich zu lachen –, „wo nicht nur das Hymen durchstoßen wurde, sondern Gliedmaßen wie Arme oder Beine amputiert werden mussten, die Höhe der Zahlungen weit darunter."

„Sie können mich nicht ins Bockshorn jagen", antwortete Marta ungerührt. „Ich bin mir absolut sicher, dass Sie diese Auskünfte nicht erhalten haben. Und zwar deshalb, weil Sie Ihrem Rechtsanwalt bisher noch gar nichts von der Sache erzählt haben. Sie sitzen hier, damit eben niemand, nicht Ihr Rechtsanwalt, nicht Ihre Frau, nicht Ihre Mitarbeiter und Mitarbeiterinnen je erfahren, mit welchem Ekel von Menschen sie es zu tun haben."

„Wenn du mich nochmals so beleidigst, stehe ich auf und gehe", antwortete ihr Chef sichtlich gereizt.

„Sie haben recht", lenkte Marta ein. „Mit gegenseitigen Beleidigungen kommen wir nicht weiter. Lassen Sie Ihren Zynismus, Ihre ironischen und nur mäßig witzigen Zweideutigkeiten, und auch ich werde meine Worte sorgfältiger wählen. Kommen wir also zur Sache: Ist meine Forderung akzeptiert oder nicht?"

Ihr Chef wand sich sichtlich. Schließlich sagte er. „Ok. Wir einigen uns wie üblich in der Mitte. Abgemacht?"

„Wir sind nicht im Orient beim Teppichkauf. Zudem müssten Sie als gevifter Kaufmann wissen, dass man sich dort mitnichten in der Mitte trifft. Derjenige, der mehr Interesse am Abschluss hat, gibt mehr nach. In unserem Fall sind das wohl Sie und Ihre Kumpane, denen bis zu zehn Jahren Haft drohen. Und selbst wenn Sie nur ein Jahr einsitzen, ist Ihre Firma tot. Nach meinen Recherchen hat Ihre Frau zwar das Geld eingebracht, aber keine blasse Ahnung vom Geschäft. Kurz: Selbst wenn Sie nur in Untersuchungshaft genommen werden oder eine – nach meinem Rechtsempfinden ungerecht – kurze Strafe erhalten, sind Sie danach wirtschaftlich erledigt. Das wissen Sie so gut wie ich. Reden wir nicht um den heißen Brei herum."

Ihr Chef war bei Ihren Worten aschfahl geworden. Marta merkte, dass sie genau die wunde Stelle getroffen hatte. Ihrem Chef war das Risiko eines Bankrotts seiner Firma und dessen finanziellen Folgen für ihn gegenüber einer Diversionszahlung an sie völlig klar. Marta fühlte, dass Sie hier nachstoßen und eine goldene Brücke bauen musste.

„Es ist doch so", begann sie die Angel auszulegen, „dass ich von einer Gesamtsumme von 100 000,-- gesprochen habe, aber Ihnen die interne Aufteilung überlassen habe. Sie könnten also zu Ihren Freunden hinübergehen und sagen, dass ich von C wegen der Entjungferung 30 000,-- will, von D wegen seiner perversen Spiele auch 30 000,--, und von B und Ihnen je 20 000,--. Ist doch besser, als wenn Sie 100 000,-- durch vier dividieren, oder? Das würde ich jedenfalls Ihren Freunden gegenüber so formulieren, wenn Sie bei Ihren Freunden meine Gesamtsumme 100 000,-- durchbringen."

Marta sah, wie es hinter der Stirn Ihres Chefs arbeitete. Schließlich sagte er: „Ja, das wäre ein Weg. Allerdings sollte dann B, der dich fast eine dreiviertel Stunde traktierte, auch 30 000,-- zahlen, und ich nur 10 000,--. Immerhin war ich nur der Letzte und habe dir sogar als einziger mit zwei Orgasmen so etwas wie Lust verschafft, auch wenn du das abstreitest und immer wieder betonst, dabei keinen Spaß gehabt zu haben."

Er hat angebissen, stellte Marta erfreut fest: „Meinetwegen. Ich zähle, wenn Ihnen damit geholfen ist, diesen Ihren Aufteilungsschlüssel auch gegenüber Ihren Freunden gerne als meine Forderung taxativ auf und begründe diese wie eben für jeden Einzelnen. Ihre Freunde sollen dann so wie Sie entscheiden, ob sie diesen verschmerzbaren Betrag zahlen wollen oder lieber eine Haftstrafe und den Ruin ihres Rufes und ihrer Firmen riskieren wollen. Aber eines bleibt unumstößlich: die Endsumme."

Marta pokerte hoch und wusste das auch. Aber sie verließ sich auf ihr Bauchgefühl, dass sie ihren Chef schon fest am Angelhaken und fast an Land gezogen hatte. Zudem war da noch die Information von Sabine.

„Du bist wirklich eine harte Nuss", kam ihrem Chef erstmals ein offenbar wirklich ehrlich gemeintes Lob über die Lippen. „Gut, ich gehe jetzt zu meinen Freunden und berate mich mit ihnen."

Marta hob ihr Handy vom Boden auf, entriegelte die Eingangstür und trat auf den videoüberwachten Gang. Dort erst ließ sie ihren Chef passieren.

Nach einer Marta endlos lange scheinenden Zeitspanne kam er ersichtlich abgekämpft zurück – allein. Wieder ließ Marta ihn am Gang passieren und wartete, bis er sich im Büro wieder auf die Couch niedergelassen hatte. Erst dann betrat sie ihrerseits wieder das Büro.

„Sie haben zähneknirschend zugestimmt – vorerst", berichtete Ihr Chef. „Ich soll mit dir einen Vertrag fixieren, aus dem hervorgeht, dass damit alle Forderungen mit Bezug auf das Meeting abgegolten sind und auf eine Strafanzeige jetzt und in aller Zukunft verzichtet wird. Erst wenn dieser Vertrag zur Zufriedenheit meiner Freunde vorliegt, werden sie zustimmen."

„Gut, den Vertrag können Sie und Ihre Freunde haben. Wer soll ihn aufsetzen? Wollen Sie Ihren Rechtsanwalt herbitten, dass er das für uns rechtskonform erledigt?", fragte Marta.

Ihr Chef schüttelte seinen Kopf. Das hatte Marta erwartet und ja auch schon in der Feilscherei für sich genützt. Es war klar: Er wollte seinem Rechtsanwalt nichts beichten müssen, selbst wenn dieser an seine anwaltliche Schweigepflicht gebunden war. Bei allen zukünftigen beruflichen oder sogar privaten Kontakten würde der Anwalt dann nämlich wissen, welchen armseligen Typ von Mensch er hier zum Mandanten hatte.

„Wollen Sie ihn aufsetzen?", ließ Marta nicht locker, „oder soll ich das tun? Beim Protokoll habe ich ja bewiesen, dass ich eine schöne, gut lesbare Handschrift habe und die Orthografie beherrsche, oder?"

„Nicht nötig", entgegnete ihr Chef. „Ich und meine Freunde haben bereits einen Vertragsentwurf erstellt." Er nestelte in der Brusttasche seines Sakkos und zog ein zusammengefaltetes Blatt Papier heraus. Als er aufstehen wollte, um es Marta zu bringen, protestierte diese sofort:

„Keinen Schritt näher! Ich spaße nicht! Legen Sie das Papier auf den Konferenztisch Ihnen gegenüber und setzen Sie sich dann wieder brav auf Ihre Couch."

„Sie sind wirklich sehr vorsichtig geworden – übervorsichtig", stellte ihr Chef trocken fest. Aber er tat wie geheißen.

„Ja, ich habe die Lektion meines Lebens hinter mir", erwiderte Marta bitter. Dann ging sie ihrerseits zu dem Tisch, mit dem sie so schreckliche Erinnerungen verband und nahm dort Platz. Aber was blieb ihr anderes übrig? Sich an den Schreibtisch ihres Chefs zu setzen hätte sie noch weniger gewollt. Der Abstand zu dem auf der Couch sitzenden Chef erschien ihr dort nicht genügend groß für eine allfällig nötige Flucht.

Marta entfaltete das Blatt und begann den kurzen Text zu lesen:

Übereinkunft zwischen Frau Marta Frank, geboren am …. und den unterzeichnenden Personen.

„Warum steht nur mein Name mit Geburtsdatum da, während eure Personalien fehlen?", fragte Marta, um sich die Frage gleich selbst zu beantworten. „Na klar, das soll alles unter den Teppich gekehrt werden. Damit sind dann Ihre Freunde zufrieden?"

„Ja", antwortete ihr Chef. „Wir setzen auf das Überbringerprinzip, wie es auch bei Versicherungsurkunden oder Wertpapieren üblich ist. Wer die Urkunde besitzt, kommt in den dort verbrieften Genuss."

Marta las weiter: *Diese erklären jetzt und für alle Zukunft, dass jede Art von gegenseitigen Ansprüchen, resultierend aus dem Meeting am ... im Büro 0815 der R&M-Consultationen Inc., nicht mehr Gegenstand gegenseitiger Anzeigen und daraus resultierender gerichtlicher Verfahren sein kann.*

„Warum ‚gegenseitig'?", fragte Marta überrascht. „Traut nicht einmal ihr sogenannten ‚Freunde' euch gegenseitig über den Weg, habt Angst vor gegenseitigen Regressansprüchen oder vor gegenseitigen Schuldzuschreibungen?"

Ihr Chef sagte nichts dazu, also las Marta weiter.

Frau Frank erhält im Zuge einer Kulanzlösung als Diversion für eine von ihr behauptete, aber nicht verifizierte oder gar anerkannte Schadensnehmung im Zuge des obigen Meetings einen einmaligen Betrag von 100 000,-- zuerkannt, der ihr zu geteilter Hand binnen 1 Monat auf ihr Girokonto überwiesen wird.

„Zu geteilter Hand?", fragte Marta nach. „Das heißt, jeder zahlt einzeln genau seinen Anteil?"

„Ja, das heißt es", antwortete ihr Chef.

„Und wenn einer nicht zahlt, dann muss ICH ihm nachlaufen? Nein, ich verlange die Zahlung zu ungeteilter Hand, wo jeder für die ganze Summe haftet. Streiten doch Sie und Ihre Freunde sich nötigenfalls. Ich kann darauf verzichten."

Ihr Chef äußerte sich nicht dazu.

„Und was soll heißen ‚*jetzt und für alle Zukunft, dass jede Art von gegenseitigen Ansprüchen, resultierend aus dem Meeting*'?

„Oh nein, so geht das nicht. Aus meiner Sicht betrifft der Vertrag ausschließlich eine Diversion wegen der beim Meeting erlittenen körperlichen und seelischen Qualen sowie die Entjungferung als einmaligen, unumkehrbaren Akt. Hier werden aber auch implizit alle denkbaren FOLGE-Schäden angesprochen und als abgegolten bezeichnet, oder?"

„Ja, so ist das gemeint und daher auch so formuliert", antwortete ihr Chef.

„Das geht nicht. Da werden wir uns nicht einig. Was ist, wenn ihr mich mit einer Geschlechtskrankheit wie HIV angesteckt habt, deren Medikation immens teuer ist? Oder wenn ihr mich gar geschwängert habt und ich dann – wohl allein – dieses Kind aufziehen muss?"

„Du hast doch die PILLE DANACH genommen, oder?" erkundigte sich ihr Chef ohne jede hörbare emotionale Anteilnahme. „Außerdem kannst du ja nötigenfalls abtreiben. Ich kenne da von früher gute Ärzte dafür, die ich empfehlen kann. Das kostet nur einen Bruchteil der Summe, die du jetzt bekommst."

„Monetär gesehen kostet mich eine Abtreibung wahrscheinlich wirklich nicht extrem viel, so sie ohne Komplikationen verläuft", antwortete Marta. „Aber dieser Kindsmord kostet mich mein gutes und reines Gewissen, möglicherweise auch die Chance, später schwanger werden zu können – dann nämlich, wann ich das will."

„Schön. Und wie soll das in den Vertrag hinein? Du und wir wissen zum heutigen Tag noch nicht, ob du geschwängert wurdest. Habe ich recht? Zudem wissen wir nicht, ob du nicht inzwischen an Sex Gefallen gefunden hast und uns einen nicht von uns gemachten Gschrappen unterschieben willst."

Da war es wieder, das hämische Grinsen Ihres Chefs, mit dem sie hier im Büro bisher fast wie unter zivilisierten Menschen verhandelte. Er war und blieb ein Ekel, eine Bestie.

„Ja, das Risiko gibt es und das habt ihr Bestien euch auch redlich verdient."

Ihr Chef unterbrach sie mit einer scharfen Rüge: „Hatten wir nicht eine andere Wortwahl vereinbart".

„Ja, Entschuldigung", gab sich Marta zahm. „Aber gut: Ich werde gleich versuchen den Vertragsentwurf so umzuformulieren, dass er für beide Parteien akzeptabel ist."

Marta überlegte einige Zeit, dann ergriff Sie den Stift und schrieb:

Übereinkunft zwischen Frau Marta Frank, geboren am ... und den unterzeichnenden Personen.

Diese erklären jetzt und für alle Zukunft, dass jede Art von gegenseitigen Ansprüchen, resultierend aus dem Meeting am ... im Büro 0815 der R&M-Consultationen Inc., nicht mehr Gegenstand gegenseitiger Anzeigen und daraus resultierender gerichtlicher Verfahren sein kann. Langfristig daraus resultierende Folgeschäden wie die Infektion mit Krankheiten oder die Schwängerung sind ausdrücklich davon nicht umfasst.

Frau Frank erhält im Zuge einer Kulanzlösung als Diversion für eine von ihr behauptete, aber nicht verifizierte oder gar anerkannte Schadensnehmung an Geist und Körper im Zuge des obigen Meetings einen einmaligen Betrag von 100 000,-- zuerkannt, der ihr zu ungeteilter Hand von den Unterfertigten binnen 14 Tagen auf ihr Girokonto überwiesen wird."

Dann las sie den Text Ihrem Chef vor, der aufmerksam zuhörte. Mit der Errichtung von Verträgen kannte er sich aus, dass mussten selbst seine schärfsten Kritiker und Feinde anerkennen.

„Ok, ich sehe du hast dich bemüht den Text nicht allzusehr zu verändern. Die Zahlungsfrist hast du verkürzt. Ok, keine große Sache. Aber da bleibt noch eine andere Sache. Uns wirfst du vor, generalisierend alle Folgeschäden auszuschließen, und du generalisierst sie in genau der umgekehrten Weise hinein, indem du alle Infektionskrankheiten und die Schwängerung als nicht abgegoltene Folgeschäden definierst. Es ist ja schön, dass damit eine Lungen- oder Mandelentzündung ersichtlich nicht gemeint sind. Aber dennoch: Wenn schon, muss hinein, welche Infektionskrankheiten hier gemeint sind. Ein simpler Tripper ist wohl irrelevant, oder? Ändere als den von dir ergänzten Satz bitte.

Marta nahm einen zweiten Anlauf:

Folgeschäden wie die Infektion mit einer lebensbedrohlichen Geschlechtskrankheit wie etwa HIV oder die Schwängerung sind ausdrücklich davon nicht umfasst.

„Das kling schon weit besser", lobte sie ihr Chef, „ist aber noch immer nicht ausreichend."

„Warum?", fragte Marta.

„Weil wir eben kein Folgeschäden-Risiko ad infinitum akzeptieren wollen", antwortet ihr Chef. „Aber ich mache dir einen Vorschlag."

„Und welchen?"

„Bist du bereit, dich nach passender Zeit hinsichtlich der von dir genannten Folgeschäden untersuchen zu lassen?"

„Ja, warum nicht. Das mache ich sowieso, schon aus meinem ureigensten Interesse."

„Sehr schön. Du nanntest vorher HIV. Liege ich richtig mit der Annahme, dass du noch nie eine

Blutkonserve erhieltst und mangels sexueller Vorerfahrungen dich daher bisher nicht mit HIV angesteckt hast?"

„Da bin ich mir absolut sicher", antwortete Marta. Zudem wurde dies in der Schule im Zuge einer Reihenuntersuchung überprüft – mit negativem Ergebnis."

„Schön. Ich schließe den Folgeschaden HIV daher als praktisch unmöglich aus, da wir vier Freunde uns ja nicht gegenseitig beim Gruppensex anstecken wollen und uns regelmäßig untersuchen lassen. Aber wir wollen auf Nummer sicher gehen. Nach sechs Wochen kann man abtesten, ob du dich vor einer Woche angesteckt hast. Ob das durch uns geschah, leider nicht – jedenfalls nicht mit Sicherheit. Aber das lässt sich nicht ändern. Stimmst du einer solchen Blutuntersuchung zu?"

„Ja."

„Wie hast du die PILLE DANACH vertragen? Hattest du inzwischen eine Blutung?"

„Ja, allerdings war das als schwache Schmierblutung, offenbar nur eine Reaktion auf die Pille, kaum die ja noch nicht fällige Regelblutung und ganz sicher keine Abbruchblutung, wie mir meine Frauenärztin nach meiner Schilderung am Telefon erklärte", antwortete Marta wahrheitsgemäß.

„Schön, dann werden wir auch hier einen Test machen. In ebenfalls sechs Wochen kann man per

Bluttest oder sogar mit einem einfachen Teststreifen mit hoher Wahrscheinlichkeit eine allfällige Schwangerschaft diagnostizieren. Wirst du dich einem solchen Test unterziehen?"

„Ich hab doch schon ja gesagt", war Martas trotzige Antwort. „Wie oft soll ich es noch sagen?"

„Schön, wenn wir das genau so in den Vertrag hineinschreiben, dann werden meine Freunde ihn wohl akzeptieren", gab sich Ihr Chef zuversichtlich. „Damit bleibt die Sache wohl für uns und dich ohne Folgen, sieht man von deiner unverschämt hohen Forderung ab. Das ist uns noch nie passiert, dass eines der Mädels nachher solche Ansprüche stellte oder wir es wegen einer Geschlechtskrankheit oder gar zur Abtreibung zum Gynäkologen schicken mussten."

Aha, dachte Marta. Schade, dass mein Handy abgeschaltet ist. So hätte ich ein Geständnis für das, was ich aus dem Mund von Sabine längst weiß: nämlich dass ich nicht die erste war, die hier am Tisch oder sonst wo flachgelegt wurde. Und wahrscheinlich nahmen viele der Mädchen schon die Pille, sodass nichts passiert war. Und wenn doch – wer weiß, ob sie das gerade ihrem Chef kundgetan hätten. Wahrscheinlich haben Sie es weder ihrem Freund, Partner, Lebensgefährten, Ehemann oder ihrer Familie gestanden. Die vermeintliche Schande haben sie wohl für sich behalten und nötigenfalls den Weg zu einer anonymen Abtreibung gewählt.

„Schön", antwortete ihr Chef. „Schreib hinein, dass du dich in sechs Wochen – das ist Ende September – auf HIV und Gravität untersuchen lässt und ergänze deine Personaldaten samt Kontonummer und das heutige Datum. Ich gehe dann mit dem Zettel zu meinen Freunden, schreibe das ins Reine und mache fünf Kopien, die wir gegenseitig unterschreiben. Das Original kommt in meinen Safe. Dann sind wir quitt."

‚Sind wir das wirklich – quitt?', dachte sich Marta bitter, aber begann – wieder folgsam – die Korrekturen und Ergänzungen anzubringen. Ihr Chef blieb dabei ebenso folgsam auf seiner Couch in dem von Marta gewünschten Sicherheitsabstand sitzen.

Marta ließ kurz darauf das Blatt am Tisch liegen und begab sich wieder auf den sicheren videoüberwachten Gang, wohin ihr gleich darauf ihr Chef mit dem Zettel in der Hand folgte. „Du kannst mitkommen in das Büro, wo meine Freunde warten. Dort kann dir nichts passieren. Anders als mein Büro ist es videoüberwacht."

Marta ging also mit, überzeugte sich allerdings schon beim Eintreten davon, dass der Raum tatsächlich videoüberwacht wurde, was zwei in gegenüberliegenden Ecken des Raumes montierte Kameras bezeugten. Und wenn seine Freunde in der Wartezeit diese Kameras abgesteckt hatten? Marta, du wirst hysterisch, schalt sie sich. Werde wieder klar und vernünftig!

Und das brauchte sie auch, um den inzwischen ins Reine geschriebenen Vertrag nochmals durchzulesen und die fünf Kopien zu unterschreiben. Mit einem mulmigen Gefühl wandte sie schließlich ihren vier Peinigern den Rücken zu und verließ eilig das Büro, um die vielen Treppen hinunter ins belebte Foyer zu laufen, so schnell ihre Füße sie nur tragen konnten. Dort ließ sie sich mit zittrigen Knien in eine der weich gepolsterten Fensterbänke fallen.

Kap_24 Nachricht an Sabine

Marta holte tief Luft. Hier, unter den vielen Menschen, fühlte sie sich endlich in Sicherheit. Erst jetzt merkte sie, wie angespannt sie die ganze Zeit gewesen war, in der sie nach außen cool und entschlossen mit ihrem Chef verhandelt hatte. Sie spürte wieder ihre hektisch roten Flecken am Hals brennen, an denen sie seit Einsetzen ihrer Pubertät litt, wenn sie unter Stress stand. Und dass sie eben unter einem gewaltigen Stress gestanden hatte, war nicht wegzuleugnen.

Wegzuleugnen war aber auch nicht das berauschende Glücksgefühl, dass sie verspürte. Sie hatte gewonnen. Sie hatte den Bestien gezeigt, dass sie nicht ein junges, dummes Mädchen ist, das man nach Belieben vernaschen konnte. Jedenfalls nicht ohne Folgen.

Eine Folge davon hielt Marta krampfhaft als Ergebnis der heutigen Verhandlung fest in ihrer rechten Hand. Ein Stück Papier im Format DIN A4, auf dem nach einem kurzen Text fünf Unterschriften zu sehen waren. Fünf, nicht eine, wie sie sonst auf einem Scheck zu finden sind. Denn das Papier war für sie ein Scheck, ein Scheck über 100 000,--.

Plötzlich fand sie sich in einem Tagtraum bei ihrer kommenden Reifeprüfung in der Höheren Schule für kaufmännische Berufe wieder. Ihr Professor korrigierte sie gerade: ‚Marta, das ist kein Scheck'. ‚Dann vielleicht ein Wechsel', hörte sie sich antworten, ‚weil ja erst in 14 Tagen fällig'? ‚Auch nicht', widersprach ihr Lehrer, ‚denn du gibst das Papier ja nicht her, du wechselst es nicht gegen Bargeld ein. Du willst das Papier ja behalten, oder?' ‚Dann ist es wohl ein Vertrag', hörte sie sich antworten. Aber wieder war ihr Lehrer unzufrieden und wiegte den Kopf mehrmals missbilligend hin und her: ‚Marta, Marta, was ist heute mit dir los? Die Aufregung? Schau dir nochmals das Blatt Papier genau an. Siehst du dort alle Merkmale, die zwingend bei einem Vertrag dieser Art vorgeschrieben sind? Na also! Komm, denk nach, Mädchen!' Marta sah sich lange nachdenken und hörte sich letztlich sagen: ‚Es ist mir schnurzegal, was das genau ist, es ist 100 000,-- wert!'

Mit diesen Worten erwachte Marta wieder aus ihrem Tagtraum.

Was nun, fragte sie sich und begann eine To-Do-Liste im Kopf zu entwerfen.

Erstens muss ich das Papier irgendwie in Sicherheit bringen? Nicht, dass ich es wirklich brauche. Es dient mehr der Sicherheit der vier Männer, die binnen 14 Tagen das Geld überweisen müssen und dann zusammen um 100 000,-- ärmer sein werden. Erst wenn sie nicht wie vereinbart unaufgefordert zahlen, brauche ich es.

Zweitens muss ich damit zusammenhängend das Papier vor meiner Familie verstecken. Ihre neugierige Schwester würde nicht locker lassen zu fragen, was bei dem Meeting vorgefallen sei, dass man ihr 100 000,-- als Schadenersatz zugestand. Und Marta kannte die Hartnäckigkeit ihrer Schwester. Nein, das Papier muss sicher und gleichzeitig unsichtbar für ihre Familie sein. In ein Banksafe? Oder bei einer zuverlässigen Person, die in die Sache eingeweiht ist? Da bleibt nur Sabine!

Drittens muss ich Sabine verständigen vom vollen Erfolg meiner – falsch: unserer gemeinsamen – Bemühungen.

Viertens sollte ich längst im Keller sein und dort meinen Dienst im Postservicecenter versehen. Nein, das kann noch warten. Mein dortiger Chef weiß nicht, wie lange ich beim Chef auf 0815 war.

Marta legte das Blatt Papier auf den kleinen Tisch vor sich und holte ihr Handy heraus, schaltete es ein und überlegte. Soll ich anrufen oder eine SMS schreiben? Schließlich entschied sie sich für keine dieser Möglichkeiten, sondern fotografierte das Blatt Papier ab und sandte es als MMS ohne Kommentar an Sabine.

Nur gefühlte Sekunden später erhielt sie eine SMS von Sabine mit der Antwort. „Super. Gratuliere. Gleich nach Dienstschluss wieder im Cafe Metropolitan?"

Marta antwortete mit der knappsten aller möglichen sinnvollen Antworten: Y.

Dann begab sie sich in den Keller, ohne zu vergessen, das wertvolle Stück Papier vom Tisch zu nehmen, sorgfältig zusammenzufalten und in ihrer Bauchtasche zu verwahren. Diese ersetzte während der Arbeit ihre dort sonst extrem hinderliche Handtasche.

Kap_25 Feier mit Sabine

Anders als erwartet hatte ihr neugieriger Postdienststellenleiter sie nicht nach Dienstschluss zu sich zitiert und wissen wollen, wie die Besprechung beim Chef verlaufen war. So verließ Marta pünktlich zu Dienstschluss die Arbeit und erreichte pünktlich den bereits gewohnten Treffpunkt.

„Wieder die Haustorte mit einem Capuccino?", fragte die Serviererin.

Marta sah fragend zu Sabine, und als diese nickte, bestellte sie: „Ja, aber diesmal zweimal. Wir haben etwas zu feiern!"

Sabine wusste natürlich, was es zu feiern gab, aber hätte allzu gerne Genaueres gewusst. Aber Marta rückte nichts heraus, sondern saß nur wortlos da und sah ihr Gegenüber unverwandt mit warmen Augen an. Was will sie von mir, dachte sich Sabine? Was denkt sie gerade?

Das konnte sie aber nicht ahnen.

Marta saß nämlich da und fragte sich, wie sie sich Sabine gegenüber dankbar erweisen könnte. Mit einem Anteil am Geld? Ohne sie hätte sie den heutigen Sieg gegen die vier Bestien wohl nicht erringen können. Nur mit Sabines Hilfe landete ihr Tonmitschnitt im geheimen Postfach ihres Chefs, nur dank Sabine hatte sie sich getraut, heute bis zum Äußersten zu pokern. Sie hatte heute 100 000,-- gewonnen. Ihre Leidensgenossin, die kaum weniger gelitten hatte, bekam nichts. Gar nichts.

Ja, Sabine hatte keinen Tonmitschnitt, sie hatte wirklich nichts in Händen, womit sie analog zu ihr hätte Forderungen stellen können. Ja, sie brauchte kaum Angst zu haben geschwängert oder mit einer Krankheit angesteckt worden zu sein. Ja, alles schön und gut. Aber die physischen und psychischen Schmerzen einer Gruppenvergewaltigung hatte auch sie zu ertragen gehabt. Da konnte ein Trostpflaster wirklich nicht schaden!

„Liebe Sabine", begann Marta schließlich das Gespräch. „Du weißt als erste und bisher einzige Person, welch großen Sieg ich heute errungen habe. Das soll auch so bleiben. Versprichst du mir das?"

Sabine nickte.

„Du weißt auch, dass ich diesen Sieg ohne deine Hilfe kaum errungen hätte. Ich bin dir unendlich dankbar, weiß aber nicht, wie ich mich dir gegenüber angemessen dankbar zeigen kann. Hilf mir! Sag mir, wie ich es tun kann!"

„Ich habe schon einen Lohn, einen wunderschönen Lohn", antwortete Sabine leise und sichtlich gerührt von Martas Worten. „Ich habe in dir nicht nur eine seelenverwandte Leidensgenossin gefunden, sondern eine Freundin, eine echte Freundin! Du bist mir nichts schuldig. Alles, was ich tat, tat ich aus Freundschaft zu dir – na ja, ich will ehrlich sein – und aus Feindschaft zu den vier Bestien. Dein heutiger Sieg ist damit auch mein Sieg und meine Rache, gleichzeitig aber auch Hühnersuppe für meine verletzte Seele. Ohne dich wäre das nie passiert. Also muss auch ich dir dankbar sein und bin es von ganzem Herzen."

Dabei erhob sich Sabine und nahm Marta ungefragt in die Arme und drückte sie voller Inbrunst an sich.

Marta war gerührt. Tränen schossen in ihre Augen. Ob wegen der spontanen Liebesbezeugung oder weil sich die Anspannung dieses Tages ein Ventil suchte, wusste sie nicht. Es war ihr auch egal. Es geschah einfach und sie ließ es geschehen.

Die Serviererin kam inzwischen und staunte nicht schlecht, was hier gerade abging, aber servierte das Bestellte, ohne weiter nachzufragen. Schließlich beruhigte sich Marta und wandte sich der Torte zu. Endlich war ihr nicht mehr übel und sie konnte wieder wie gewohnt essen.

„Und wie war die Verhandlung?", konnte Sabine schließlich ihre Neugier nicht mehr zügeln.

„Bitte erspare mir hier alles nochmals auferstehen zu lassen, den Stress, die Angst, die kommende Ungewissheit. Sonst breche ich gleich wieder in Tränen aus."

„Ich verstehe", gab sich Sabine geschlagen. „Und wie geht es jetzt weiter?", änderte sie das Thema, während sie sich dem letzten Bissen ihres Tortenstückes widmete.

„Jetzt muss ich warten. Warten, ob ich schwanger bin, warten, ob ich infiziert worden bin. Ich habe mich verpflichtet, in sechs Wochen einen HIV-Test und einen Schwangerschaftstest durchzuführen. Bis dahin heißt es zittern!"

„Arme Marta", zeigte sich Sabine von ihrer mitfühlenden Seite.

„Eine Bitte habe ich noch, liebe Sabine, nein, zwei: Ersten bitte ich dich, so lange es geht, den E-Mailverkehr der vier Bestien im Auge zu behalten. Wer weiß, ob sie die heutige Niederlage so einfach wegstecken können und werden."

„Gerne", antwortete Sabine. „Mindestens bis Ende dieser Woche sollte das funktionieren."

„Und zweitens möchte ich unsere Treffen im Cafe Metropolitan gerne zum Jour Fix machen."

„Das wird nicht gehen?"

„Warum? Magst du nicht?", fragte Marta mit unüberhörbarer Enttäuschung.

„Daran liegt es nicht. Aber in zwei Wochen beginnt wieder die Schule mit ganztägigem Unterricht. Daher wird es kaum möglich sein, dass wir uns hier wie bisher an einem Wochentag um knapp nach 17 Uhr treffen."

„Ach daran soll es nicht scheitern", antworte Marta sichtlich erleichtert, ja erfreut. „Auf mich wartet ebenso eine ganztägige Schule. Dann treffen wir einander eben jeden Samstag um diese Zeit hier zu einem Plausch. Und wenn es uns Spaß macht, unternehmen wir danach noch etwas gemeinsam, gehen ins Kino oder auch nur Spazieren oder was auch immer. Und wenn WIR Lust haben, dann reißen wir uns Mannsbilder auf, aber solche, die WIR wollen."

„Das klingt sehr verlockend. Nur solltest du daran denken, dass ich in festen Händen bin – jedenfalls im Moment!"

Kap_26 Noch eine Feier

Als Marta gegen 19 Uhr nach Hause kam, hatte man sie bereits erwartet und bat sie, gleich mit ins Esszimmer zu kommen. Das war höchst ungewöhnlich, weil die Familie Frank normalerweise nicht gemeinsam das Abendbrot einnahm.

Martas Vater war oft noch gar nicht von der Arbeit daheim, wenn Maria und Karl ihr Abendessen einnehmen wollten, oder er ging lieber in die Sauna und aß dort.

Verständlich, denn Martas Mama zog es vor, weil langsam ins Matronenalter kommend, am Abend nichts oder fast nichts zu essen und daher auch nur ungern etwas zu kochen. Sie würde sonst bald zur Kugel, begründete sie immer wieder eindringlich und versuchte damit gegenüber ihrem Mann ihren mangelnden Bekochungsdienst zu entschuldigen.

So speiste auch Marta abends meistens allein, wenn man das Verschlingen einer mitgebrachten Pizzaschnitte oder eines Paar Frankfurter Würstchen mit Senf und Semmel oder einer Fertigsuppe als ‚Speisen' bezeichnen wollte. Das war aber wohl eher ein Euphemismus.

Heute war alles anders. Alle außer sie waren bereits anwesend. Ihre Schwester Maria hatte groß aufgekocht, wie der aus der Küche kommende verlockende Duft bewies. Es roch nach Backhuhn und Bratkartoffeln.

Marta hatte zwar nach dem ordentlichen Mittagessen in der Kantine des Bürohauses und dem ansehnlichen Stück Haustorte im Cafe Metropolitan wahrlich keinen Hunger, aber einen Korb konnte sie ihrer Familie natürlich nicht geben. Sie würde halt ihr Zugreifen passend drosseln.

Was aber war der Grund für dieses außergewöhnliche Ereignis, fragte sie sich immer wieder und ging im Geiste die Daten aller Anwesenden hinsichtlich Namenstag, Geburtstag und Hochzeitstag durch. Nein, ich habe keinen vergessen, beruhigte sie sich schließlich.

Auf die gesuchte Antwort brauchte sie nur bis nach der Suppe zu warten. Dann konnte ihre Schwester Maria ihre Neuigkeit nicht mehr zurückhalten. Sie ergriff die Hand ihres Mannes Karl und verkündete stolz: „Wir bekommen ein Baby."

Alle waren baff – außer Marta. Sie war ja von Maria auf ihren zukünftigen Status als Tante bereits schonend vorbereitet worden. Karl schaute verdutzt, schien sich aber zu freuen. Noch mehr ihre Mama und wohl auch der Papa, auch wenn dieser nicht zu großen Gefühlsausbrüchen neigte. Beide standen auf und umarmten zuerst freudig ihre jüngere Tochter, dann ihren Schwiegersohn. Marta machte es ihnen anschließend gleich.

Maria schenkte Wein ein und man stieß auf den kommenden Erdenbürger an. Dann musste Maria wieder in die Küche, um den Hauptgang aufzutragen. Dieser wurde schweigend eingenommen. Jeder war offenbar damit beschäftigt sich auszumalen, wie es demnächst weitergehen und was sich ändern würde.

Marta freute sich zwar, aber hatte doch Sorge vor dem, was da kommen sollte. Nur durch eine dünne Wand vom Refugium von Maria und Karl getrennt befürchtete sie, dass sie das Schreien des Babys wohl durchhören und deshalb schlecht schlafen würde. Und das gerade zu der Zeit, wo sie alle Konzentration brauchen würde, um ihre Reifeprüfung positiv abzulegen.

Ihr Vater riss Marta aus diesen ihren düsteren Gedanken. „Na, liebe Marta, bekommst du auch Gusto?"

Wenn du wüsstest, lieber Papa, was ich gerade durchgemacht habe, würdest du nicht von Gusto reden, sagte sich Marta bitter.

Dieser wusste aber nichts davon und fuhr daher nichtsahnend fort. „Überhaupt mache ich mir langsam Sorgen um dich, liebes Kind. Nicht, dass ich dich schon loswerden will. Aber für erste Erfahrungen, einen ersten Freund wäre es langsam Zeit, oder? Es ist aber weit und breit keiner zu sehen! Oder verheimlichst du etwas vor uns?"

Ja, dachte Marta bitter, aber keinen Freund!

Ohne eine Antwort zu erwarten, schob ihr Vater gleich seinen Standardratschlag nach: „Ich meine natürlich in allen Ehren. Tanzen-gehen, gemeinsame Wanderungen, Theaterbesuche usw. Du musst lernen, wie Männer ticken ..."

Das weiß ich inzwischen leider nur zu gut, lieber Papa, sagte sich Marta. Zumindest einige honorige Vertreter dieser Spezies, auch wenn man von diesen wohl nicht auf alle anderen schließen darf.

„... und kommunizieren. Frauen und Männer sind hier sehr verschieden. Frauen wollen immer emotional verstanden werden, Männern reicht dies meist auf rationaler Ebene. Denen genügt es, wenn die Frau weiß, was er von ihr will."

Da hast du wohl nicht ganz unrecht, lieber Papa, dachte sich Marta. Und wenn die Frau das nicht gleich begreift oder es sogar nicht tun will, dann kann man ja mit sanfter Gewalt ein wenig nachhelfen, oder?

„Zur Kommunikation gehört natürlich nicht nur das Reden. Nein, dazu gehören auch Gesten, harmlose körperliche Kontakte wie Streicheln und Küssen bis hin zu nicht mehr ganz harmlosen – na du weißt schon, was ich meine. Auch das gehört geübt, natürlich mit aller Vorsicht. Beherzige also den Rat deines alten Vaters: Bewahre dir deine Jungfrauenschaft: Sie ist ein unwiederbringliches Kapital, das man nicht mir-nichts-dir-nichts verschenkt."

Ich weiß, Papa, dachte sich Marta bitter. Aber das ist oft gar nicht so einfach durchzuhalten.

Ihr Vater hatte sich inzwischen erschöpft von seiner Rede dem Abknabbern der letzten Hühnerknochen gewidmet.

Damit hatte Martas Mutter Gelegenheit zu ihrem Auftritt: „Und – habt ihr schon einen Namen?"

„Mama, bitte", war Marias verzweifelte Antwort. „Wir wissen doch noch nicht einmal, was es wird."

„Man kann sich ja in beide Richtungen Gedanken machen, oder?" Dabei sah sie Karl auffordernd an, der aber nur die Schultern zuckte. Maria enthob ihn einer Antwort:

„Mama, bitte! Wie oft hast du uns schon die Geschichte unserer Namensgebung erzählt, nun? Du hast – Papa war im Ausland und hatte daher nichts zu vermelden – im Zuge der Geburt unsere Namen allein und zudem spontan ausgewählt. Für die Erstgeborene den Namen Marta – in phonetischer Anlehnung an die Marter bei deren Geburt. Allerdings ohne h, weil dieses ohnehin stumm ist, wie du immer als Begründung nachschiebst. Als ich dann nur zwanzig Minuten später in einem Flutsch nachkam, sagtest du nur ‚Danke, Maria'. Aus der Missinterpretation deines Stoßgebetes entstand dann mein Vorname. Also: Karl und ich haben daher noch viel Zeit, uns einen Namen zu überlegen – oder, Karl?"

Karl nickte wie üblich stumm. Ein braver, leicht handhabbarer Typ, befand Marta – aber mit Sicherheit nicht mein Typus von Prinz.

Kap_27 Aussprache mit Maria

Todmüde von den Ereignissen des Tages und vom opulenten Nachtmahl zog sich Marta schon um 20:30 in ihr Zimmer zurück und ließ sich gleich ins Bett fallen, um bis 7 Uhr Früh des nächsten Tages durchzuschlafen. Das jedenfalls war ihr Plan. Daraus wurde aber nichts.

Nur fünf Minuten später klopfte es an der Tür und ihre Schwester Maria trat ein.

„Bitte, Maria", bat Marta flehentlich, „ich bin wirklich hundemüde und bringe kaum mehr meine Augen auf."

„Es wird nicht lange dauern", ließ sich ihre Schwester nicht abwimmeln. „Wir müssen reden."

Marta gab sich geschlagen. Je länger sie sich wehren würde, umso später würde das Gespräch enden. Denn dass es stattfinden würde, war ihr klar. Gegenwehr gegen ihre jüngere Schwester war in solchen Situationen völlig chancenlos.

„Gut. Was liegt dir so dringend am Herzen, dass du mich nicht schlafen lassen willst? Ist Karl doch nicht so glücklich? Oder brauchst du anderweitig meinen Rat?"

„Nein, Schwesterherz, es geht um dich!"

„Inwiefern?"

„Nun, ich weiß jetzt mit 99,9%iger Sicherheit, dass ich schwanger bin. Du hingegen weißt nicht, ob euer ‚na du weißt schon was', wie Vater es heute nannte, Folgen hat. Ich habe dir daher die angebrochene Packung mit den Schwangerschafts-Teststreifchen mitgebracht. Die könnten jetzt für dich nützlich sein. Ich brauche sie ja nun, jedenfalls für mindestens ein Jahr, nicht mehr."

„Danke, liebe Maria. Das ist ganz lieb. Aber hätte das nicht bis morgen oder übermorgen auch Zeit gehabt?", antwortete Marta und versuchte demonstrativ zu gähnen, was ihr aber nur wenig überzeugend gelang.

„Das schon. Aber ich wollte zusätzlich fragen, ob du die Taufpatin unseres Kindes werden willst."

„Auch das hätte doch bis morgen Zeit gehabt, oder?", wurde Marta merklich mürrisch.

„Nein, denn sonst würde ich mich heute die ganze Nacht schlaflos herumwälzen und diese Frage wiederkäuen."

„Und so erreichst du, dass ich mich jetzt und hier schlaflos herumwälze. Vielen Dank!"

„Schwesterherz, was ist los mit dir? Du gehst doch sonst nicht schon vor 21 Uhr schlafen. War es heute wirklich ein so anstrengender Tag, dass du keine zehn Minuten Zeit hast, mit deiner Schwester zu sprechen?"

„Ja, war es", antwortete Marta knapp, um das Gespräch endlich zu beenden, befeuerte damit aber nur ungewollt Marias Neugier.

„Hast du dich mit ihm, na du weißt schon, wen ich meine, nach der Arbeit getroffen. Immerhin bist du erst knapp vor 19 Uhr nach Hause gekommen, obwohl du schon um 17 Uhr aus hattest."

„Nein. Habe ich nicht", antwortete Marta knapp mit deutlich noch mürrischerer Stimme.

„Mit wem dann?", ließ sich Maria nicht abwimmeln. „Überstunden oder eine neue Bekanntschaft in der Firma? Recht so, mit dem Typen, der dir gleich danach eine Schachtel mit der PILLE DANACH in die Hand drückt, würde ich sowieso Schluss machen."

„Hab ich schon, liebe Schwester", antwortete Marta der Wahrheit die Ehre gebend resignierend.

„Gut so. Und wenn wirklich etwas passiert sein sollte, dann reden wir weiter, von Frau zu Frau", zeigte Maria ihre mütterliche Seite, während ihre weibliche Neugier Marta erbarmungslos traktierte. „Im Übrigen würde ich dann natürlich auch dir als Taufpatin zur Verfügung stehen", ergänzte Maria, erhob sich und ließ Marta endlich in einen langen, komatösen Schlaf sinken.

Kap_28 Eine verwegene Idee

Obschon sich Marta am nächsten Morgen an keinen Traum bewusst erinnern konnte, hatte sich ihr Unterbewusstsein offenbar mit dem Gespräch bei

Tisch und mit ihrer Schwester nächtens beschäftigt. Warum würden ihr nun sonst während des Frühstücks unablässig allerhand Gedanken durch den Kopf gehen, dachte sich Marta?

Tante werden? Ja, dass konnte sie sich vorstellen – es war ja auch unvermeidlich. Das unterlag nicht ihrem Einfluss.

Taufpatin werden? In der damit primär gemeinten religiösen Dimension eher nicht, in der als Mutterersatz schon.

Mutterersatz? Vielleicht werde ich selbst demnächst Mutter. Die intensive Besamung beim Meeting am 11. Tag nach Beginn der Periode waren bei einer Lebensdauer der Spermien von fünf Tagen fast ideal für die Befruchtung bei einem Eisprung am 14. Tag. Die Götter, egal welche, mögen das verhindern, betete sie inständig. Und wenn diese ihre Gebete nicht erhörten? Was dann? Wenn die PILLE DANACH den Eisprung nicht um fünf Tage nach hinten verschoben hatte und auch die SPIRALE DANACH versagt? Was mache ich dann?

‚Geduld', sagte ihr Verstand. ‚Deine normale Regel solltest du rechnerisch erst in etwas mehr als einer Woche kriegen. Bis dahin Geduld. Mehr kann man im Moment nicht machen.'

‚Du hast leicht reden, lieber Verstand', meldete sich Martas Seele. ‚Du denkst ja nur, aber fühlst und leidest nicht.'

‚Richtig, ich denke. Unentwegt, sogar in der Nacht! Und da ist mir im Anschluss an die gestrigen Gespräche eine Idee gekommen, eine sehr verwegene, anrüchige, vielleicht sogar kriminelle.'

‚Anrüchig und kriminell. Lass hören', zeigte sich die Martas Seele interessiert.

‚Mir kam, liebe Seele, eine großartige Idee, wie Marta ihrerseits ihre Peiniger peinigen könnte – und zwar zusätzlich zu der Diversionszahlung über 100 000,--.'

‚Das hat aber viel mit Gefühlen zu tun', gab sich die Seele erstaunt. ‚Ich dachte, ein Verstand denkt nur und fühlt nicht.'

‚Das lässt sich nicht so einfach trennen', erwiderte der Verstand. ‚Ein Ergebnis der sogenannten Aufklärung, das immer stärker seine teils fatalen Auswirkungen zeigt.'

‚Wie soll ich das verstehen – entschuldige bitte die unzutreffende Wortwahl – erfühlen?', erwiderte die Seele.

‚Nun, schauen wir uns einmal die Wirkung der Aufklärung an. Wir Menschen denken nicht mehr ganzheitlich. Wir denken gespalten und wir sprechen mit gespaltener Zunge. Irgendwie führte die Aufklärung zu massenhafter Schizophrenie.'

‚Auf der Ebene der Wissenschaft und Technik hat sie sich zunächst als Methode bewährt. Zunächst.

Heute versucht man verzweifelt, die singulären Ergebnisse wieder zusammenzuführen.'

‚Auf der Ebene der Kunst ist es ähnlich. Während Gemälde früher voll von mehr oder weniger versteckten Anspielungen und voller Mystik waren, stand zuletzt die Auslotung immer neuer Techniken im Vordergrund. Schüttbilder, die an den Rorschach-Test erinnern, am Computer generierte Punktwolken und schwarze Quadrate, die sich beim genauen Nachmessen als nicht ideal quadratisch herausstellen, Streifenmuster, wie du sie auf jedem Geschirrtuch finden kannst, wurden plötzlich als große Kunst voller angeblicher Mystik angesehen und gehandelt, während das gute alte Handwerk in Misskredit kam. Nun ja, der Photoapparat kann tatsächlich in Sekundenbruchteilen Porträts herstellen, für welche die alten Meister früher Wochen brauchten. Aber war und ist das Ergebnis wirklich vergleichbar, sprich ebenbürtig?'

‚Du siehst das viel zu rational und eng, lieber Verstand', widersprach die Seele. ‚Diese Werke sollen und wollen die Phantasie anregen. Ihre Mystik besteht darin, dass sie eine individuelle Interpretation des Werkes nicht nur anregen, sondern verlangen.'

‚Eben, das habe ich damit gemeint', ließ sich der Verstand nicht beirren. ‚Und was ist die Folge? Jeder Mensch sieht etwas anderes. Nicht nur Verstand und Seele wurden auseinandergerissen, sondern auch die Gesellschaft, welche Gemeinsamkeit im

Denken und Fühlen für ihren inneren Zusammenhalt braucht. Die Sehnsucht einiger Menschen nach heterogenem Multikulti, nach Selbstverwirklichung in einem neuen, basisdemokratischen Rahmen bis hin zur Befreiung von allen überkommenen Regeln und Zwängen reibt sich an der Sehnsucht anderer nach gefestigten Strukturen, nach Stabilität und Homogenität in einem eher autoritativ geführten System. Auch das ist ein Ergebnis der Aufklärung.'

‚Aber kommen wir zum einzelnen Individuum zurück, liebe Seele. Schalten wir Menschen nicht oft gefühlsduselig den Verstand völlig aus? In der ersten, ungestümen Liebe ist das zumeist der Fall. Wir handeln wie Suchtkranke gegen alle Vernunft. Daran bist du schuld, liebe Seele.'

‚Auch du, lieber Verstand, bist an der Unvernunft schuld! Etwa wenn du kalt und seelenlos vorrechnest, wie viel Geld man aus einem Geschäft lukrieren könnte, ohne dessen Folgen aufzuzeigen?'

‚Da tust du mir unrecht, liebe Seele. Über die Folgen kann ich auch nur rational Befunde erstellen. Aber die Menschen hören nicht zu, sie WOLLEN nicht dem Verstand folgen. Ihr eigenes WOLLEN – wofür ihr Seelen zuständig seid! – steht im Vordergrund nach dem narzisstischen Motto: Des Menschen Wille ist sein Himmelreich.'

‚Vielleicht hast du recht', versuchte die Seele das Zwiegespräch wieder zum angeblich anrüchigen Ausgangspunkt zurückzulenken.

Aber der Verstand war dazu noch nicht bereit: ‚Eigentlich sollte ich als Verstand das Motto umformulieren zu: Des Menschen Himmelreich ist sein Wille. Mit diesem Willen könnte er die Welt zum Paradies machen – oder es wenigstens gelingender als bisher versuchen. Aber da müsstet ihr Seelen mitspielen! Ich als Verstand kann dem Menschen nur sagen, was vernünftig wäre, aber du als Seele musst ihm befehlen, das auch zu WOLLEN. Ist das denn wirklich so schwer, wo wir doch neben und miteinander im gleichen knöchernen Haus am Ende der Wirbelsäule wohnen?'

‚Da denkst du wie früher die Kelten? Andere denken da mehr ans Herz', widersprach die Seele.

‚Ich eben nicht', antwortete der Verstand. ‚Zudem konnte ich bis heute keinen Grund und zwingenden Beweis dafür finden, warum nur ich sterblich sein soll, während du nach dem Tod unseren gemeinsamen Wirt verlässt und dann irgendwo angeblich ewig weiterlebst. Ich wehre mich gegen diesen logisch nicht nachvollziehbaren Befund und die ihm innewohnende ungerechte Behandlung.'

‚Und ich wehre mich dagegen', meldete sich Martas Ego als Supervisor, ‚mir noch länger eure kleinlichen Streitereien und Haarspaltereien anzuhören. Los, lieber Verstand, sag endlich, welche verwegene Idee du erdacht hast.'

‚Ja, spuck es endlich aus', schloss sich die gequälte Seele an.

Der Verstand räusperte sich und begann: ‚Wie wäre es, wenn Marta so tut, als ob sie tatsächlich geschwängert worden wäre.'

‚Blödsinn', antwortete Martas Ego. ‚Du als immer auf die Logik replizierender Verstand solltest wissen, dass die Männer Beweise verlangen würden, etwa einen ärztlichen Befund.'

‚Den können sie haben', gab sich der Verstand unbeeindruckt.

‚Und wie soll das gehen?', fragte Martas Ego. ‚Die Frauenärztin ist lieb und mag Marta sehr, aber wird dieser deswegen dennoch keinen Falschbefund ausstellen.'

‚Braucht sie auch nicht', gab sich der Verstand weiter unbeirrt. ‚Marta macht das mit dem Teststreifen, den sie von ihrer Schwester bekam.'

‚Blödsinn', widersprach Martas Ego. ‚Wenn Marta nicht schwanger ist, wird es zu keinem Farbumschlag kommen. Ja, es gibt wie bei jedem Test falsch-positive Diagnosen. Aber statistisch gesehen steht die Chance darauf nahe null, selbst wenn sie alle Teststreifen der Packung benützt.'

‚Du solltest genauer zuhören', rügte der Verstand. ‚Ich sprach nicht von DEN Teststreifen, also in der Mehrzahl, sondern von DEM Teststreifen, also in der Einzahl.'

‚Dann ist die Chance auf eine Fehldiagnose noch kleiner', verstand Martas Ego den Verstand immer weniger. Hatte der Verstand seinen Verstand verloren?

‚Ich sehe, du verstehst es wirklich noch immer nicht', gab sich der Verstand lehrerhaft. ‚Ich meine jenen Teststreifen, der schon den Farbumschlag zeigt.'

‚Ja aber der stammt nicht von Marta, sondern von Maria', verstand Martas Ego den Verstand nun überhaupt nicht mehr.

‚Ja und? Auf ihm steht nur M. Frank. Das M steht hier zwar für Maria Frank, könnte aber genauso gut für Marta Frank stehen.'

Langsam dämmerte es bei Martas Ego. ‚Du meinst, dass wir Marias Teststreifen als Martas Teststreifen vorzeigen. Ja, der Zeitraum passt in etwa. Ja, das könnte funktionieren. Du hast wirklich Phantasie und bist ganz schön raffiniert, lieber Verstand.'

‚Weiß ich. Das ist einem Verstand eben so eigen', stellte der Verstand ohne alle Eitelkeit kühl fest.

‚Ja, da könnten wir den vier Bestien einen gehörigen Schrecken einjagen', freute sich Martas Ego schon unüberhörbar. ‚Leider wird der Schrecken nicht lange dauern und zeitigt keine weiteren Folgen – außer vielleicht eine zusätzliche, einer Abtreibung zweckgewidmeten Zahlung, die Marta herausverhandelt, und die Genugtuung, dass die vier Männer sich streiten werden, wer nun der Vater ist und daher zahlen soll.'

‚Du hast offenbar sehr wenig Phantasie und bist noch weniger raffiniert, als von mir bisher angenommen', stellte der Verstand kopfschüttelnd fest. ‚Marta könnte viel mehr herausholen als bloß eine zusätzliche Zahlung. Ich denke hier an Alimente bis zur Großjährigkeit des Kindes ...'

‚... das es gar nicht gibt. Lieber Verstand, du bist jetzt völlig übergeschnappt. Die vier Bestien wollen dann das Kind natürlich sehen. Wo soll Marta ein Kind hernehmen?'

‚Na, kriegt nicht Maria ein Kind? Lebt es nicht an der gleichen Adresse, im gleichen Haus, sogar im gleichen Stockwerk? Wird Marta als Tante das Kind nicht vielleicht unübersehbar im Kinderwagen herumführen, später in den Kindergarten bringen, gelegentlich mit ihm in den Park gehen? Jeder angesetzte Privatdetektiv würde das feststellen und an seine Auftraggeber melden. Und ob sie es wagen, sich an die Behörden zu wenden hinsichtlich Geburtsurkunde oder ähnlichem, wage ich zu bezweifeln. Bisher tun sie ja alles, nur um ja nicht die Sache publik werden zu lassen. Also: was willst du noch?'

Martas Ego war baff, verwirrt, sprachlos – alles gleichzeitig und zusammen. Vor allem entsetzt über die kriminelle Energie des Verstandes. Das hatte sie ihm bisher nicht zugetraut. ‚Und wenn sie sich doch an die Behörden wenden oder wenn sie Dokumenten sehen wollen?'

‚Ja, zugegeben, hier gibt es ein kleines Problem. Aber auch das lässt sich unschwer beheben. Hast du schon bemerkt, dass Marta und Maria sich nur in einem einzigen Buchstaben unterscheiden, nämlich beim vierten: Dort steht einmal i, dann t. Bei oberflächlichem Lesen fällt der Unterschied wahrscheinlich gar nicht auf. Ist dir klar, dass man mit einem winzig kleinen Strich nötigenfalls aus dem i ein t machen kann, und umgekehrt mit dem Radiergummi oder einem winzigen Tupfer Korrekturlack aus dem t ein i? Na, alles klar?'

Martas Ego staunte immer mehr. Bisher war der Verstand immer brav und sittsam gewesen. Jetzt taten sich hier wahre Abgründe auf. ‚Und wenn man auf diese Urkundenfälschung drauf kommt? Dann kommt Marta vor den Kadi...'

‚... und rechtfertigt das als bösen Streich, den sie ihren vier Peinigern spielen wollte. Aber sie wird deswegen nicht vor dem Kadi landen. Die Männer werden dann vielleicht nicht mehr zahlen, sie aber kaum anzeigen. Ihre bisherigen Zahlungen würden nämlich als Eingeständnis und Beweis ihrer Schuld gewertet werden, was sie sicher nicht wollen.'

Martas Ego wurde immer entsetzter. ‚Lieber Verstand, du entpuppst dich als Ungeheuer. Wann hattest du Zeit, diesen abgrundtief bösen Plan so detailliert und wohlüberlegt auszuhecken?'

‚Die ganze letzte Nacht', war die knappe Antwort des Verstands.

Kap_29 Banges Warten

Die Woche verging und es wurde Freitag. Marta ging der ihr zugedachten Tätigkeit im Postservicecenter des Bürohochhauses nach. Dort im Keller war es angenehm kühl. Wenigstens etwas Positives, sagte sie sich. Denn etwas für ihre spätere Berufstätigkeit Nützliches konnte sie hier nicht lernen. Und das, wovon mein Chef meint, dass es mir später im Beruf nützen würde, will ich ja partout nicht lernen oder gar mit ihm üben. Selber schuld! Strafe muss sein, sagte sie sich bitter!

Von Sabine hatte sie nichts Neues gehört.

Neu waren nur die Schmerzen im Unterbauch. Kommt die Regel, fragte sie sich hoffnungsvoll? Allerdings waren die Schmerzen dafür ungewohnt stark? Oder vertrage ich die Spirale nicht? Das kann vorkommen, hatte ihr die Gynäkologin damals beim Verabschieden auf den Weg mitgegeben. Hoffentlich nicht! Ich lasse sie mir nicht herausnehmen! Ich WILL NICHT schwanger werden!

Und dann geschah es. Gerade als sie einen vollen, schweren Korb mit Paketen hob, spürte sie eine starke Blutung. Ein Blutsturz? Der Beginn der Regel? Was nun?

Sollte sie dem Dienstellenleiter sagen, dass sie nach Haus gehen möchte, weil die Regel ungewohnt heftig eingesetzt und sie sehr starke Blutungen habe? Dieser würde möglicherweise die Rettung rufen.

Jedenfalls würde das die ganze Abteilung mitkriegen und nur wenige Stunden später würde es das ganze Haus wissen. Auch ihr Chef.

Nicht sehr klug, wenn ich das ausführen will, was mein Verstand ausgeheckt hat. Aber will ich das, fragte sie sich immer wieder. Sie schwankte seit Tagen und ging das Für und Wider immer wieder im Geiste durch. Sie hatte gehofft, das mit ihrer Freundin Sabine besprechen zu können. Aber leider. Das Jour-Fix-Treffen war erst morgen, einen Tag zu spät. Was also sollte sie jetzt tun?

Ihr Verstand kam ihr zu Hilfe: ‚Wir halten uns alle Optionen offen. Lass mich nur machen. Gehe jetzt zum Dienststellenleiter und ich werde dir die passenden Worte in den Mund legen.'

Marta tat wie geheißen: „Chef, kann ich bitte nach Hause gehen? Ich war gerade am WC und habe mich mehrmals übergeben."

„Wirst du krank? Oder hast du etwas Verdorbenes gegessen? Wie kam es? Urplötzlich?", fragte der Chef zurück.

„Nein. Mir war schon in der Früh speiübel. Meine Mama hat mich sorgenvoll das Gleiche gefragt. Als ich verneinte, hat sie mich lange prüfend angesehen und mich mit der Frage konfrontiert, ob es sein könnte, dass ich schwanger bin. Bei ihrer Schwangerschaft mit mir wäre eine morgendliche Übelkeit das erste Zeichen gewesen."

„Und? Bist du schwanger?", fragte ihr Chef. „Du weißt, dass du das gegebenenfalls mir bzw. der Personalabteilung melden musst. Dann darf ich dich nicht mehr zu schwerer körperlicher Arbeit einsetzen und es beginnen gewisse Fristen und ein Kündigungsschutz zu laufen."

„Ich weiß. Aber meine Ferialzeit endet in etwas mehr als einer Woche und die Fristen sind daher für mich irrelevant", antwortete Marta.

„Und um zur anderen Frage zu kommen: aber ja, es könnte sein. Ich bin mir aber noch nicht sicher. Ich werde mir heute in der Apotheke eine Packung Schwangerschafts-Teststreifen besorgen. Am Montag kann ich Ihnen dann vielleicht Genaueres sagen."

„Gut, ich erwarte mir dann am kommenden Montag eine diesbezügliche Meldung. Und jetzt packe deine Sachen zusammen und geh nach Hause – und nötigenfalls zum Arzt!"

Während Marta wie geheißen zusammenpackte, wandte sich ihr Ego an den Verstand:

‚Du bist wirklich ausgefuchst. Noch heute wird der Chef in 0815 die für ihn unfrohe Botschaft erfahren, dass er und seine Kumpane Marta wahrscheinlich geschwängert haben. Und wie du geschickt vorausschauend Marias Teststreifen ins Spiel gebracht hast, ist wirklich bewundernswert. Ich bin wirklich froh, dich zu haben, lieber Verstand!'

‚Du willst dich wirklich auf dieses kriminelle Spiel einlassen', meldete sich Martas Seele entsetzt zu Wort. ‚So kenne ich dich nicht? Was ist los mit dir?

‚Beruhige dich', antwortete Martas Ego. ‚Marta hat sich noch nicht entschieden. Sie will das morgen mit Sabine besprechen.'

Kap_30 Eine schwere Entscheidung

Wie vereinbart wartete Sabine wieder im Cafe Metropolitan auf Marta, die denn auch gleich mit der Tür ins Haus fiel.

„Ich glaube, ich hatte gestern eine Abbruchblutung. Jedenfalls war sie für eine bloße Schmierblutung viel zu stark. Ich bin nun überzeugt, dass die Vergewaltigung in Hinsicht auf eine Schwangerschaft ohne Folgen blieb."

„Mein ehemaliger und dein noch aktueller Chef ist da anderer Meinung. Gesten Mittag kam nach Tagen absoluter Windstille auf seinem geheimen E-Mailkonto plötzlich ein Orkan auf. Er teilte seinen Spießgesellen mit, dass ihr gemeinsames Treiben wahrscheinlich nicht ohne Folgen blieb und ihnen in Form eines Gschrappen in knapp neun Monaten präsentiert würde."

„Wie haben sie das aufgenommen?", fragte Marta, dankbar dafür, dass Sabine ihre Administratorrechte noch besaß und zu Nachforschungen genützt hatte.

„Sie wirkten kopflos, genervt, entsetzt. Was soll ich sagen. Ein Hin und Her von Schuldzuweisungen begann, verbunden mit der Forderung nach Beweisen für diese angebliche Schwangerschaft. Unser Chef brachte dabei für mich nicht nachvollziehbar von sich aus Schwangerschafts-Teststreifen ins Spiel."

„Ich verstehe das schon. Ich habe meinem Abteilungsleiter gegenüber scheinbar beiläufig fallen lassen, dass ich mir solche besorgen werde. Und diese Bemerkung schaffte es ersichtlich bis in das Chefbüro."

„Aber dann wird dein Chef bald wissen, dass du nicht schwanger bist, selbst wenn du ihm nichts von der Abbruchblutung erzählst. Der von ihm verlangte Teststreifen wird das belegen. Aber immerhin werden er und seine Mittäter sich über das ganze Wochenende ihre schon leicht angegrauten Haare raufen."

„Das will ich hoffen", bekundete Marta offen ihre Genugtuung. „Aber sie sind noch nicht aus dem Schneider. Inzwischen habe ich einen Weg gefunden, sie noch eine ganze Weile zu ärgern und zu ängstigen. Die Umsetzung von ‚Die Rache ist mein, sprach der Herr', habe ich inzwischen selbst in die Hand genommen. Denn ich glaube nicht daran, dass er hier tätig wird."

„Und wie willst du das tun?", fragte Sabine ungläubig nach.

„Ganz einfach", entgegnete Marta. „Ich besitze bereits einen Teststreifen mit positiver Diagnose."

„Wie kamst du an so einen heran?", fragte Sabine noch ungläubiger. „Hast du ihn irgendwo in einem Spital oder bei deiner Gynäkologin entwendet? Das nützt dir nichts, weil da sicher schon der Name der untersuchten Frau drauf steht."

„Stimmt, der Name steht schon drauf. Er lautet M. Frank."

„Das verstehe ich nicht. Hast du gar den Namen gefälscht?"

„Brauchte ich nicht", antwortete Marta fröhlich. „Der Teststreifen stammt von meiner Schwester Maria, die in knapp acht Monaten ein Kind erwartet. Daher eben M. Frank, was man auch als Marta Frank lesen kann."

Sabine schüttelte immer wieder ungläubig den Kopf, während sie ersichtlich über die Konsequenzen dieser Mitteilung angestrengt nachdachte: „Und was jetzt? Schickst du unserem Chef den Fake-Teststreifen?"

„Genau das wollte ich hier und jetzt mit dir besprechen."

„Schön, dann denken wir die Angelegenheit bis zum Ende durch. Du übergibst deinem Chef den Fake-Teststreifen?"

„Richtig."

„Damit gibst du aber deinen Trumpf aus der Hand. Oder kannst du dir einen zweiten von deiner Schwester besorgen?"

„Im Prinzip ja. Aber das würde zu unangenehmen Fragen führen. Andererseits müsste mein Chef annehmen, dass ich als Schwangere jederzeit einen neuen Teststreifen mit positiver Diagnose produzieren könnte, weswegen dessen Vernichtung ihm nichts bringen würde. Ebenso nicht seinen Kollegen, denen er den Streifen sicher zeigen wird, um den für sie alle gleichermaßen unangenehmen Sachverhalt zu untermauern."

„Richtig", stimmte Sabine Marta zu. „Was dann: Stellst du ihnen eine weitere finanzielle Forderung nach der Diversionszahlung über 100 000,--?"

„... die noch nicht erfolgt ist, aber für spätestens den kommenden Dienstag fällig wäre. Und ja, das wäre wohl der Zweck der Übung. Schon allein die Aussicht, bis zur Großjährigkeit des nicht existierenden Kindes von den vier Männern Alimente zu erhalten, befriedigt meine Rachegefühle schon jetzt im Vorfeld ungemein."

„Geht es dir nur um die Befriedigung deiner Rachegefühle oder doch mehr ums liebe Geld?", fragte Sabine nach. „Kurz: Soll das nur ein Spiel oder wirklich ein ernstes Geschäft werden? Ersteres könnte man noch als Streich entschuldigen, zweiteres ist nach meinem Dafürhalten Betrug und damit kriminell."

„Ich weiß es noch nicht. Deswegen rede ich ja mit dir. Was hältst du davon, dass ich das Spiel so weit wie möglich treibe, also bis zu einer ersten Alimentationszahlung, bevor ich selbst das ganze als Schmierenkomödie aufdecke?"

„Das ginge, wenn du dich absicherst, etwa in dem du bei einem Notar eine passende eidesstattliche Erklärung hinterlegst, die Sache bis zu einem bestimmten Datum aufzuklären und alle zu Unrecht bezogen Zahlungen aus diesem Titel zu refundieren. Durch diesen Akt tätiger Reue machst du dich meines Erachtens straffrei. So hättest du volle Genugtuung und deinen Spaß gehabt, ohne dich selbst strafbar zu machen."

„Eine gute Idee, Sabine", antwortete Marta dankbar. „Ich weiß ja, warum ich das mit dir besprechen wollte. Vielleicht mache ich es wirklich so. Lass uns auf das Gelingen dieser Intrige anstoßen, auch wenn es nur mit Kaffee geschieht."

Kap_31 Letztmals beim Chef

Die Montage haben es in sich, sagte sich Marta. An jedem dieser Wochentage der letzten drei Wochen ging ich ins Büro 0815. Diesmal gehe ich allerdings aus freien Stücken, und hoffentlich das letzte Mal. Sie ließ sich von Magdalena beim Chef anmelden und war Minuten später im achten Stock.

Ihr Chef erwartete sie schon, bat sie aber nicht näher heranzutreten. Ob deswegen, weil er inzwischen um ihr Sicherheitsbedürfnis wusste und dieses respektierte, oder weil er stinksauer war, blieb für Marta offen.

Gestern hatte er – wohl zähneknirschend – von einem seiner Konten die vereinbarten 100 000,-- auf Martas Girokonto überwiesen, wovon sich Marta inzwischen überzeugt hatte.

„Ich habe gestern das Geld überwiesen."

„Ich weiß", sagte Marta, ohne sich dafür zu bedanken. Weswegen sollte sie auch?

„Ich hoffe, es geht in Ordnung, dass ich als Grund für diese Extrazahlung schrieb: ‚Honorar für innerbetriebliche Verbesserungsvorschläge im Bereich der Postannahme, Postverteilung und Postsicherheit'."

„Ja, akzeptiert", antwortete Marta, die tatsächlich gegenüber dem Dienststellenleiter in der Postservicezentrale einige derartige Verbesserungsvorschläge vorgebracht hatte. Das wäre sogar belegbar. Dass diese Vorschläge allerdings 100 000,-- wert sein sollten, hielte wohl kaum dem vom Finanzamt üblicherweise verlangten Vergleich mit Dritten stand. Mir egal, sagte sich Marta. Soll mein Chef doch versuchen, diese Zahlung steuerlich als Betriebskosten abzusetzen und sich diesbezüglich mit dem Finanzamt herumstreiten.

Wahrscheinlich soll diese Bezeichnung aber mehr der Verschleierung der Zahlung vor seiner Frau dienen, sagte sich Marta. Andere Bosse taten das für ihre Freundinnen und Mätressen ja auch immer wieder – oder versuchten es zumindest unter gefälliger Hilfe gleichermaßen gevifter wie gewissenloser Steuerberater und Rechtsanwälte. Für mich hat es jedenfalls den überaus angenehmen Nebeneffekt, bei der Bank der inzwischen üblichen Geldwäschevermutung mit einer vernünftigen Erklärung entgegentreten zu können.

„Und jetzt das!", unterbrach ihr Chef ihre Gedankengänge mit donnernder Stimme. „Ich dachte, die Sache sei mit der Zahlung ein für alle Mal erledigt?"

„Nein, nur der physische und psychische Schmerz im Zuge des Meetings waren abgegolten. Darf ich daran erinnern, dass die damals noch nicht abschätzbaren Folgeschäden in unserer damaligen Vereinbarung ausdrücklich ausgenommen worden waren."

„Und so ein Folgeschaden ist nun tatsächlich eingetreten?", fragte ihr Chef nach.

„So scheint es jedenfalls", antwortete Marta, ohne sich dadurch wirklich festzulegen. In Sachen Zweideutigkeit hatte sie in ihrem Chef einen überaus kompetenten Lehrmeister gefunden. Wenigstens hierin war ihre Ferialpraxis ein Gewinn für ihre spätere Karriere.

„Scheint es?", gab sich ihr Chef nicht zufrieden. „Mein Postmeister berichtet mir etwas von Schwangerschaftsteststreifen."

„Korrekt. Ich lege ihn hier auf den uns sattsam bekannten Tisch. Sie bleiben bitte inzwischen dort drüben sitzen."

Mit diesen Worten verließ Marta ihren Platz gleich hinter der Eingangstür und legte Marias Teststreifen auf den Tisch. Gleich danach holte ihr Chef den Streifen und beäugte ihn samt Beschriftung sorgfältig.

„Vielleicht eine Fehldiagnose?", sinnierte er.

„Wenig wahrscheinlich, aber möglich", antwortete Marta trocken, um gleich mit vollem Einsatz zu pokern: „Wenn Sie es wünschen, kann ich beliebig viele weitere solche Streifen in den nächsten Tagen und Wochen nachbringen."

Ihr Chef gab sich geschlagen: „Nicht nötig. Wenn wir etwas zahlen, dann sowieso erst nach der Geburt. Und wie viel willst du haben?"

„Das ist doch wohl klar: das Übliche?"

„Und was ist das Übliche?"

„Das, was Väter üblicherweise eben für ihre Kinder zahlen – nämlich Alimente."

„Aber es ist nicht klar, wer der Vater ist. Das kann jeder von uns vier sein oder auch ein Mann, der gleich nach uns auch das Vergnügen hatte. Mit mir bist du ja wohl auf den Geschmack gekommen, oder?"

Er kann es nicht lassen, dieser eingebildete Pimpf, dachte sich Marta. Ja, er ist wirklich außergewöhnlich gut bestückt, ja, er hat mir zwei Orgasmen verschafft. Aber nein, auf den Geschmack bin ich durch ihn nicht gekommen.

Laut sagte sie aber wieder mit vollem Risiko pokernd: „Wenn Sie es wünschen, machen wir nach der Geburt einen Vaterschaftstest. Auch aus meiner Sicht soll der und nur der zahlen, der der Vater ist. Allerdings muss Ihnen und Ihren Freunden klar sein, dass die ganze Sache damit trotz der Abschlagszahlung von 100 000,-- ruchbar wird und ihre Ehefrauen das dann erfahren werden. Das geht nicht anders."

Ihr Chef schwieg, also legte Marta wieder die Angel aus. „So wie zuletzt könnten sie sich natürlich intern einigen. C hat meines Erachtens die größte Chance, Vater geworden zu sein, dann B und dann wohl Sie. D mit seinen kläglichen Versuchen überhaupt weit genug in mich einzudringen und zu kommen, würde ich an die letzte Stelle reihen. Diese Chancenverteilung könnten sie gemeinsam der internen Kostenverteilung zugrunde legen."

„Und an wie viel hast du gedacht?"

„Ich bin bescheiden. Sagen wir 1200,-- pro Monat, also verschmerzbare 300,-- pro Kopf und Nase."

„Und für wie lange?", gab sich ihr Chef nicht zufrieden mit der Antwort.

„Solange ich für das Kind Kinderbeihilfe beziehe."

„Das kann bis zum 26. Lebensjahr dauern", antwortete ihr Chef und fasste sich an die Stirn. „Das wären – lass mich die Sache kurz überschlagen – insgesamt 1200 mal 12 mal 26, überschlägig also bis zu fast 400 000,--. Du musst wahnsinnig sein, das zu wollen!"

„Nicht weniger wahnsinnig als euer Wollen, mich unbedingt nach dem Meeting zu vernaschen, einfach nur so, nur zu eurem Spaß. Und dieser Spaß kommt euch eben jetzt teuer zu stehen", gab sich Marta erbarmungslos.

Ihr Chef sank in seinem Stuhl zusammen. Nach Minuten intensiven Nachdenkens sagte er: „Und wenn wir dir die Abtreibung in einer guten Klinik bezahlen, vielleicht verbunden mit einer Entschädigung für die dabei erlittenen Schmerzen?"

„Ja, das käme euch natürlich billiger. Aber ich lasse mich nicht für einen Mord an ungeborenem Leben bezahlen. Niemals. Sagen Sie das Ihren Kumpanen. Sagen Sie ihnen, dass sie es sich aussuchen können, Monat für Monat einen verschmerzbaren Betrag von 300,-- zu zahlen, aus welchem Titel gegenüber dem Finanzamt auch immer, oder dass sie sich einem gerichtlich angeordneten Vaterschaftstest werden stellen müssen. Und geben Sie mir möglichst bald Bescheid. Den Teststreifen können Sie behalten und ihren Freunden zeigen."

Marta machte kehrt und ging wieder in den Keller, um dort ihrer Arbeit nachzugehen – wobei sie allerdings nicht mehr zu körperlichen Tätigkeiten mit schweren Lasten herangezogen wurde.

Kap_32 Die Stunde der Wahrheit naht

Das Ende der Ferialzeit kam mit Riesenschritten näher. Marta sah in dieser Zeit ihren Chef nicht mehr und hörte auch nichts mehr von ihm.

Dann war diese Zeit vorbei und es begann ihr letztes Schuljahr – hoffentlich, denn eine besonders gute Schülerin war sie nicht.

Der Umstand, dass es in dieser letzten Klasse keinen Leibeserziehungs-Unterricht mehr gab, enthob sie des Problems ihres nicht größer werdenden Bauches. In dem Spiel, das sie begonnen hatte, musste sie aber den Schein einer Schwangerschaft aufrechterhalten.

Im Alltag trug sie als nach wie vor gertenschlanke junge Frau daher zunehmend weite, locker an ihr sitzende Kleider. Der sehr frühe Reifeprüfungstermin und die Aufhebung eines straffen Stundenplanes in den letzten Wochen davor zugunsten von Projektarbeiten und seminaristischem Betrieb ohne Anwesenheitspflicht enthob sie zudem der Mühe einer dauernden Maskerade. Anfangs nur hin und wieder, später immer öfter band sie sich einen Polster um den Bauch und beantwortete die fragenden Blicke ihrer Mitschülerinnen wortlos mit einem mystischen Lächeln, das diese wiederum mit einem verschmitzten, vermeintlich wissenden Lächeln beantworteten. Ihren unsensiblen männlichen Mitschülern blieb das alles verborgen.

Endlich war es soweit. Ende April legte sie ohne großen, aber doch mit Erfolg die Reifeprüfung ab. Ihr im Tagtraum unerbittlicher Professor sagte diesmal nicht ‚Marta, Marta' und wiegte den Kopf missbilligend, sondern drückte sie nach einem kurzen Blick auf ihren Bauch durch die Prüfung.

Ihre Schwester Maria hatte nur wenige Tage später ihre Reifeprüfung zu bestehen, nämlich als frischgebackene Mutter eines kleinen Mädchens von 51 cm Körperlänge und 3850 g Körpergewicht. Und das nach einer komplikationslosen Spontangeburt trotz deutlicher Überzeit zu Hause. Maria hatte sich nämlich geweigert, ins Spital zu gehen. Dort hole ich mir nur irgendwelche Superkeime, sagte sie, und setzte ihren Kopf gegen die Wünsche ihrer Eltern und ihres Mannes durch.

Marta war das nur recht. Denn Marta war sich klar, dass sich ihr Spiel langsam dem Finale näherte. Immer wieder sah sie beim Fenster hinunter und immer öfter fiel ihr ein Mercedes 300SL mit getönten Scheiben auf, der genau ihnen gegenüber parkte.

Waren schon von ihrem ehemaligen Chef angeheuerte Privatdetektive am Werk, fragte sie sich?

Nun, ‚the show must go on' sagte sie sich. Vergnügt vor sich hinpfeifend ging sie zu ihrer Schwester und bot sich an, mit der Kleinen im Kinderwagen auszufahren. Maria nahm das Angebot nicht nur dankbar an, sondern regte gleich noch an, dass Marta jetzt, wo sie in der Schule ja keine Verpflichtungen mehr hätte und auch noch keine Arbeit angenommen habe, das gerne jeden Tag machen könne. Ihr wäre damit sehr geholfen, um fehlenden Nachtschlaf aufzuholen.

So war Maria eben. Das, was sie als gute Seele freiwillig immer und überall anbot, erwartete sie sich auch im Gegenzug. Marta war das aber in diesem Fall ganz recht, weil sie so niemals gemeinsam mit ihrer Schwester und Kind gesehen werden konnte.

Täglich nach dem gemeinsamen Mittagessen verließ sie – nun ohne Polster um den Bauch – bewaffnet mit dem Kinderwagen demonstrativ das Haus zu einer ausgiebigen Spazierfahrt mit der kleinen neuen Erdenbürgerin. Maria konnte in dieser Zeit ein wenig von dem Schlaf nachholen, den ihr die Kleine während der Nacht raubte.

Marta genoss es, immer wieder nahe an dem verdächtigen Fahrzeug vorbeizufahren, in dessen Inneres sie wegen der getönten Scheiben aber leider nicht blicken konnte. Nach einer Woche war das Auto genauso plötzlich verschwunden, wie es aufgetaucht war. Es tauchte auch nicht wieder auf. Gewonnen, jubelte Marta siegessicher. Und sie sollte recht behalten.

Mit ihrer neuen Freundin Sabine hatte sie sich in all den Monaten jeweils wie vereinbart Samstag am späten Nachmittag getroffen, sieht man von Feiertagen ab. Sabines Freund war darüber nicht sonderlich begeistert, aber hatte sich letztlich gefügt. Immerhin dauerte der Schwatz meist nicht viel länger als sie beide zum Vertilgen von Torte und Kaffee benötigten. Sabine hatte inzwischen auch ihre Reifeprüfung bestanden, anders als Marta aber mit gutem Erfolg. Sie war eben die Klügere von ihnen. Mit ihrem genialen Einfall, wegen angeblichen Herpes Genitalis die vier Männer nur Latex-geschützt an sich heranzulassen, hatte sie das bewiesen – jedenfalls aus Martas Sicht.

Sabine sah das anders. Sie fand Martas Schlachtplan mit einer vorgetäuschten Schwangerschaft hingegen als die viel genialere Idee. Und diese galt es nun final umzusetzen.

Nach der Geburt von Marias Tochter und der öfteren, offenbar erfolgreichen Präsentation als Martas Tochter schien die Zeit reif zu sein für den finalen Auftritt. Marta hatte dazu ihren ehemaligen Chef eine E-Mail geschrieben und um einen Verhandlungstermin gebeten, an dem die anderen drei Herren auch teilnehmen sollten. Ort und Zeitpunkt überließ sie ihm. Sollte es aber wieder das Büro

0815 sein, so würde sie aus Sicherheitsgründen nicht allein hingehen – was sie aber nicht ankündigte. Er und seine Kumpane würden schön schauen, wenn sie gemeinsam mit Sabine aufkreuzen würde! Marta freute sich darauf schon diebisch.

Sabine war erst nach langem Zureden einverstanden, sich wieder mit ihren Peinigern zu treffen, noch dazu wahrscheinlich am Ort ihrer Vergewaltigung. Marta hatte aber letztendlich erfolgreich argumentiert, dass dies der beste Weg wäre, das erlittene Trauma endlich ganz zu bewältigen. Das war die Wahrheit, aber nicht die ganze Wahrheit. Sie hegte noch einen Plan, den sie Sabine aber nicht eröffnete.

Kap_33 Finale

Nun standen Marta und Sabine wieder an einem Montagmorgen um knapp vor 9 Uhr am Empfangspult im Foyer des Bürohauses und baten Magdalena, sie beim Chef anzukündigen und durch die Sicherheitsschleuse zu lassen.

Marta und Sabine fanden das Büro im Wesentlichen gegenüber den Meetings unverändert vor. Nur, dass diesmal kein Tonbandgerät bereitstand. Bereit standen dafür die vier Herren, die aber brav Respektabstand hielten, wohl wissend um das Abstandsbedürfnis der beiden Damen. Marta war zwei Schritte in den Raum gegangen, Sabine nur einen und sicherte mit Martas Pfefferspray bewaffnet die Möglichkeit eines raschen Rückzugs durch die Eingangstür.

Ihr Chef und seine Spießgesellen waren unübersehbar peinlich überrascht, wen Marta ohne ihr Wissen und ihre Erlaubnis mitgebracht hatte.

„Ich glaube, ich muss meine Leibwächterin nicht extra vorstellen", konnte sich Marta der ironischen Bemerkung nicht enthalten und genoss die Überraschung der Männer.

Ihr Chef fasste sich als Erster. „Bitte, willst du nicht Platz nehmen?" und wies zum Konferenztisch. „Ich garantiere: Diesmal keine Tricks, schon gar keine Gewalt. Inzwischen wissen wir nur zu gut, mit wem wir uns da eingelassen haben. Nicht wie beschrieben ein Engel, ein braves Mädchen, folgsam und willig, sondern eine Furie. Auch wir haben unsere Lektion gelernt. Aber nun soll Schluss sein mit den Lektionen. Heute können wir hoffentlich einen endgültigen Schlussstrich unter die leidige Angelegenheit ziehen."

Marta hatte während dieser Worte tatsächlich am Tisch Platz genommen, diesmal jedoch an der türseitigen Stirnseite, der gegenüber, wo ihr Chef zu sitzen pflegte. Dann machte sie ähnlich wie er damals beim Meeting mit einer knappen, herrischen Handbewegung klar, wo sich die Herren hinzusetzen hätten. Mit Genugtuung stellte sie fest, dass diese wortlos gehorchten.

„Mit Freude habe ich festgestellt, dass eine erste Zahlung von 1200,-- meinem Girokonto unter dem Titel ‚Aufwandsentschädigung' gutgeschrieben wurde. Herzlichen Dank dafür und auch für die treffende Wahl des Titels. Denn es bedeutete für mich wirklich eines großen Aufwands, Ihnen allen die Ungeheuerlichkeit Ihres ekelhaften Tuns hier in diesem Büro unmissverständlich klar zu machen."

„Was hätten wir sonst schreiben sollen? Alimentation? Denn dass du inzwischen ein Kind hast, wissen wir aus unbestechlicher Quelle."

„...die einen Mercedes 300SL fährt, oder?", hakte Marta ein.

„Ja, zugegeben. Aber wir wollten sicher gehen. Das ist doch wohl verständlich. Und nun schicken wir uns eben in das Unvermeidliche, sofern wir heute eine Vereinbarung treffen können, dass damit nun alles, wirklich ALLES in ALLE Zukunft abgegolten ist."

„Umfasst das auch die eidesstattliche Erklärung, nie wieder hier oder sonst wo über junge Ferialpraktikantinnen herzufallen?"

Ihr Chef sah in die Runde seiner Freunde, die mit betretener Miene herumstanden und seinem Blick auswichen.

„Ich glaube, dass ich meine Lektion gelernt habe", sagte er schließlich.

„Und Ihre Freunde?"

Als diese auch nickten, gab sich Marta gnädig. „Gut, dann soll es so sein. Setzen wir eine Vertrag auf. – Ah, etwas hätte ich fast vergessen. Meine Leibwächterin hat mir berichtet, dass sie hier im Raum ein ganz analoges Erlebnis hatte. Wie wäre es mit einer analogen Entschädigung auch für sie?"

Die Männer stöhnten auf. „Nochmals 100 000,--?", fragte Martas Chef sichtlich verzweifelt.

„Vielleicht gibt sie es auch billiger, weil sie ja nicht wie ich in der ständigen Angst vor einer Geschlechtskrankheit oder der Schwängerung leben musste. Fragt sie doch einfach?"

Die Männer sahen Sabine fragend an.

Sabine war von der Wendung dieser Verhandlung genauso überrascht wie die Männer. Nach einigem Zögern sagte sie: „Gut, sagen wir 50 000,--."

Wieder ein verzweifeltes Stöhnen.

Marta schickte sich an, wieder die Angel auszulegen in der zunehmenden Gewissheit, dass aus ihr trotz mäßiger Schulnoten doch einmal eine exzellente Geschäftsfrau werden würde:

„Ich mache ein Angebot zum Frieden. Ich weiß inzwischen, dass ich nicht mit HIV, Syphilis oder Tripper angesteckt wurde, wahrscheinlich auch nicht mit HPV."

„Ich weiß aber nicht, ob ihr die kommenden zwei Jahrzehnte die als Aufwandsentschädigung getarnte

Zahlung wirklich immer leisten werdet und ob ich nicht vielleicht später dann doch noch Prozesse führen muss. Das ist lästig und vielleicht zwecklos, wenn ihr inzwischen in Rente seid oder mit euren Firmen Konkurs gemacht habt."

„Ich schlage daher folgenden Tausch vor", führte Marta die Verhandlung mit einer Professionalität weiter, die nicht darauf schließen ließ, dass sie eben erst die Reifeprüfung mit Ach und Krach geschafft hatte. „Ihr zahlt Sabine die von ihr genannte Entschädigungssumme. Ich verzichte im Gegenzug auf alle Alimentationszahlungen, ja zahle sogar die erste wieder zurück."

Die Männer sahen sich gegenseitig überrascht und unsicher an und wussten nicht, ob sie richtig gehört hatten. Ihren Gesichtern war abzulesen, dass sie schwankten, ob sie Martas Angebot ernst nehmen oder nur als Veräppelung werten sollten. Marta ließ die vier Männer mit unverhohlener Schadenfreude ein wenig zappeln. Dann ergänzte sie, um endlich zu einem Abschluss zu kommen:

„Ihr seid überrascht? Seht es so: Auch ich müsste einem zukünftigen Partner erklären, warum ich von VIER Männern je 300 € pro Monat erhalte. Auch ich käme in einen Erklärungsnotstand, der mir mehr als nur peinlich wäre."

Als Marta sah, dass ihre Erklärung den Männern einleuchtete, setze sie fort: „Glaubt aber ja nicht, dass ihr euch nach dieser Erklärung in einer besseren Verhandlungsposition befindet. Mitnichten! Entweder ihr akzeptiert mein Angebot und wir setzen hier und jetzt den angedachten endgültigen Vertrag zwischen euch und mir über den gegenseitigen Verzicht auf Anzeigen, nachträgliche Forderungen usw. auf, oder ihr zahlt die nächsten Jahrzehnte."

„Und sinnvollerweise nehmen wir auch Frau Sabine Meyer mit in diesen Vertrag hinein. Das ist dann wirklich der von allen gewünschte endgültige Schlussstrich – außer die Herren kommen wieder auf die glorreiche Idee, junge Ferialpraktikantinnen hier am Tisch vernaschen zu wollen. Ich und auch Sabine haben inzwischen hier im Haus genügend private Kontakte, als dass uns das verborgen bleiben könnte. Hütet euch, dass wir dann nicht wieder selbst wie Furien über euch kommen oder unseren Leidensgenossinnen wenigstens mit Rat und Tat zur Seite stehen werden!"

Ihr Chef nahm seine Freunde und ging mit ihnen möglichst weit in den Wintergarten, wo er mit ihnen für Marta und Sabine unhörbar aufgeregt flüsterte.

Schließlich kam er mit ihnen zurück. „Gut, wir akzeptieren, aber nur 40 000,--. Das sind immerhin 10 000,-- für jeden von uns."

Marta sah fragend zu Sabine, die leise nickte. Sie hatte gut getan, etwas Technisches zu studieren, sagte sich Marta. Eine geschickte Verhandlerin und gute Geschäftsfrau würde aus ihr nie werden.

„Gut, einverstanden", antwortete Marta für Sabine, um ihrem Ex-Chef im selben Atemzug wie einem Untergebenen zu befehlen: „Setz einen passenden Text auf! Ich werde diesen wie letztes Mal nötigenfalls korrigieren und ergänzen. Dann wird er gleich hier unterschrieben und danach ist ein für alle Mal Schluss."

Nach diesen Worten nahmen die vier Männer wieder am Tisch Platz, wo ihr Chef wie von Marta angeschafft begann den Entwurf zu verfassen. Kurze Zeit später reichte er diesen Marta, die laut vorzulesen begann:

Die Unterfertigten bestätigen mit ihrer Unterschrift, dass durch die Überweisung eines Betrags von 40 000,-- auf das Girokonto von Frau Sabine Meyer und der Rücküberweisung einer Zahlung von 1200,-- unter dem Titel Aufwandsentschädigung durch Frau Marta Frank, beides jeweils binnen acht Tagen, alle gegenseitigen Forderungen jetzt und in Zukunft, aus welchem Titel auch immer, abgegolten sind.

Auf strafrechtliche Anzeigen von Ereignissen, die bis zum heutigen Tag stattgefunden haben, wird unwiderruflich verzichtet, selbst wenn diese Ereignisse in die Zukunft wirken. Zudem wird völlige Verschwiegenheit gegenüber Dritten zugesichert, wobei jede Person, die diese Urkunde nicht besitzt, als Dritte gilt.

Datum:

Marta musste sich sehr beherrschen, ihr Glück nicht herauszuschreien. Was wollte sie mehr? Ihr Chef hatte per Generalklausel sogar ihr einen Persilschein für den Fall ausgestellt, dass man später draufkommen sollte, dass sie gar kein Kind hat, für das sie Alimente beanspruchen hätte können.

Lag dadurch der Tatbestand der arglistigen Täuschung oder gar des Betrugs vor, fragte sie sich und gab sich gleich selbst die Antwort: Nein!

Sich gelegentlich einen wärmenden Polster um den Bauch zu wickeln, der dann von Mitschülerinnen oder Lehrern möglicherweise als Schwangerschaftsindiz missinterpretiert wurde, war keine bewusste arglistige Täuschung. Niemals habe ich deren Vermutung anders genährt oder gar bestätigt.

Die Zahlung von 1200,-- war unter dem Titel Aufwandsentschädigung erfolgt, nicht unter Alimente. Da die Zahlung unaufgefordert und freiwillig von den Männern geleistet wurde, liegt kein Beweis, nicht einmal ein Indiz für eine ungerechtfertigte Forderung meinerseits auch nur ansatzweise vor.

Der Teststreifen, so mein Chef diesen nicht schon vernichtet hatte, war mit M. Frank beschriftet. Auch korrekt. Meine Schwester würde wohl niemand fragen – und wenn, würde diese sie schützen oder die Aussage verweigern. Also kein Problem!

Niemals habe ich eine Urkunde gefälscht, wie es mir mein Verstand als leicht durchführbar dargestellt hatte. Aus dem i wurde niemals ein t, und auch nicht umgekehrt. Wieder kein Vergehen.

Niemals habe ich Dokumente vorgezeigt, die mich als Mutter bezeichneten. Dass die Männer selbst oder über einen von ihnen beauftragten Privatdetektiv aus meiner täglichen Ausfahrt mit einem Kinderwagen fälschlich schlossen, dass ich Mutter geworden sei, liegt nicht in meiner Verantwortung, sagte sich Marta. Als Tante darf und soll ich wohl solche Ausfahrten machen – ohne jeden Hintergedanken der Täuschung.

Kurz: Ich habe keinerlei kriminelle Handlung begangen. Im Gegenteil. Ich habe für meine Freundin Sabine 40 000,-- herausverhandelt.

Marta drehte sich zu Sabine um, die noch immer den Eingang als einzigen Notausgang bewachte. Aber irgendwie schien sie geistesabwesend zu sein, weil sie auf das laute Verlesen des Vertrags trotz Martas Zuzwinkern in keiner Weise reagiert hatte.

Schließlich fragte Marta halblaut in Richtung Sabine: „Einverstanden?"

„Ja, klar", war deren vorschnelle Antwort, die von Sabines Geistesabwesenheit zeugte.

Marta wandte sich an ihren Chef. „Einverstanden, braver Mann, gut gemacht", konnte sie sich eines ironischen Plagiats seines ‚Braves Mädchen' nicht enthalten. „Bitte machen Sie die nötigen Kopien, die wir dann gleich hier unterschreiben wollen."

Ihr Chef begab sich zu seinem Schreibtisch, zog eine der vielen Laden auf und entnahm ihr einen Laptop mit eingebautem Drucker. Minuten später hatte er die nötige Anzahl an Kopien hergestellt, unterschrieb sie und reichte sie an seine Freunde weiter, die auch wortlos unterschrieben. Zuletzt unterfertigten Marta und Sabine und übergaben die Kopien – bis auf die zwei ihnen gehörenden – ihrem ehemaligen Chef.

„So, das war es dann wohl – sobald die Zahlungen vertragskonform erledigt sind. Jetzt, abschließend, könnten wir alle sagen, es war uns ein Vergnügen: Für euch war es offenbar eines am Anfang unserer Begegnungen, aber nicht zum Schluss – für uns, Sabine und mich, war es eines zum Schluss unserer Begegnung, aber nicht zu deren Anfang."

„Ich hoffe", setzte Marta ernst fort, „wir alle haben daraus gelernt: Wir Mädchen, nicht naiv und zu brav und folgsam zu sein. Ihr Männer, euch nur das zu nehmen, was euch erlaubt wird. NEIN heißt NEIN! Merkt euch das!"

Mit diesen Worten steckte Marta die beiden für sie und Sabine bestimmten Kopien ein und verließ mit Sabine das Waterloo ihrer vier Peiniger.

„Ich bin so glücklich", fiel Sabine draußen am Gang Marta um den Hals. „Wie kann ich dir das jemals danken?"

„Das brauchst und sollst du nicht, liebe Sabine", antwortete Marta bescheiden. „Wir beide haben den Bestien gemeinsam gezeigt, dass dein Vorname sie nicht dazu berechtigte, wie beim berühmten Raub der Sabinerinnen zu agieren, und dass Marta auf Aramäisch Herrin bedeutet – nicht williges Mädchen, das man nach Lust und Laune gewaltsam vernaschen kann. Ich jedenfalls habe mit deiner Hilfe erreicht, was ich mir geschworen habe."

Die Rache ist mein … e Sache!

Inhaltsverzeichnis

Impressum..2

Vorwort..5

Kap_1 Marta... 6

Kap_2 Maria...10

Kap_3 Beim Chef.....................................17

Kap_4 Vorbereitung.................................23

Kap_5 Vorahnung.....................................28

Kap_6 Das Meeting..................................30

Kap_7 Nachfeier.......................................38

Kap_8 Daheim..53

Kap_9 Was nun?.......................................60

Kap_10 Gemeinsames Frühstück............64

Kap_11 Was tun?......................................67

Kap_12 Bei der Frauenärztin...................70

Kap_13 Das Handy als Beweis................76

Kap_14 Der gute Ton................................79

Kap_15 Nachforschungen........................82

Kap_16 Treffen mit Sabine......................87

Kap_17 Wieder beim Chef.......................97

Kap_18 Bericht an Sabine......................106

Kap_19 Ein Traum..113
Kap_20 Nägel mit Köpfen......................................114
Kap_21 Nochmals beim Chef................................121
Kap_22 Bericht an und von Sabine......................127
Kap_23 Neuerliches Feilschen.............................130
Kap_24 Nachricht an Sabine................................148
Kap_25 Feier mit Sabine.......................................151
Kap_26 Noch eine Feier..156
Kap_27 Aussprache mit Maria.............................161
Kap_28 Eine verwegene Idee...............................163
Kap_29 Banges Warten...173
Kap_30 Eine schwere Entscheidung...................176
Kap_31 Letztmals beim Chef...............................180
Kap_32 Die Stunde der Wahrheit naht...............186
Kap_33 Finale...190
Inhaltsverzeichnis..202
Werke des Autors:...204

Werke des Autors:

Genre Social-Fiction- und #MeToo-Romane:

Der Proklamator Band 1 (2017, 200 Seiten), 9,90 €

Der Proklamator Band 2 (2017, 230 Seiten), 9,90 €

Der Proklamator Band 3 (2017, 198 Seiten), 9,90 €

Die Empfängnisdame (2018, 200 Seiten), 9,90 €

Der Belästiger (2018, 202 Seiten), 11,00 €

(Pf)Affenliebe (2018, 204 Seiten), 11,00 €

Shivas (Ab)Wege (2019, 220 Seiten), 11,00 €

Theaterstücke:

(M)ein Valentinstag (2019) (im Druck)

Daneben schreibt/schrieb der Autor Kinder- und Jugendbücher sowie Fachliteratur.

Die Bestellmöglichkeit von Nachdrucken der obigen Werke über den Buchhandel ist in Vorbereitung. Unabhängig davon kann jedes Buch (gleiche Ausstattung wie dieses) von mir direkt zum angegebenen Preis im Fernhandel erworben werden. Näheres (Probeseiten, Informationen zum Autor und zu Neuerungen, Bestellablauf und Versandkosten) finden Sie auf meiner Homepage

www.buecher-rvm.at

Oder kontaktieren sie mich direkt per E-Mail via

buecher.r.v.m@gmail.com

www.ingramcontent.com/pod-product-compliance
Lightning Source LLC
LaVergne TN
LVHW041807060526
838201LV00046B/1162